冰心儿童图书奖获奖作家作品

向下开的花朵

杨海林/著

中国书籍出版社

图书在版编目（CIP）数据

向下开的花朵 / 杨海林著. —北京：中国书籍出版社，2018.3
ISBN 978-7-5068-6817-4

Ⅰ.①向… Ⅱ.①杨… Ⅲ.①小小说－小说集－中国－当代 Ⅳ.①I247.82

中国版本图书馆CIP数据核字（2018）第062733号

向下开的花朵

杨海林　著

丛书策划	牛　超　蓝文书华
责任编辑	成晓春
责任印制	孙马飞　马　芝
封面设计	天下装帧设计
出版发行	中国书籍出版社
地　　址	北京市丰台区三路居路97号（邮编：100073）
电　　话	（010）52257143（总编室）　　（010）52257140（发行部）
电子出箱	eo@chinabp.com.cn
经　　销	全国新华书店
印　　刷	北京一步飞印刷有限公司
开　　本	710毫米×1000毫米　1/16
字　　数	220千字
印　　张	12
版　　次	2018年6月第1版　2018年6月第1次印刷
书　　号	ISBN 978-7-5068-6817-4
定　　价	32.00元

版权所有　翻印必究

目录
CONTENTS

对一块木板的尊重··001
父亲的鱼塘··005
少年心事··009
向下开的花朵··013
怀念一个人··017
一个人的死··021
绿　珠··024
露天电影··027
白亮亮的瓷砖··030
白　葚··034
驼　五··037
用半生的时间仇恨一个人··040
绝　活··044
茅窝儿··046
手　艺··049
舒婷老师··053
我的徒弟··057
袁麻子··061
找　人··064

铜　匠……………………………………………………068

无锡老板…………………………………………………072

白家茶局…………………………………………………076

长随二题…………………………………………………080

茶　庵……………………………………………………087

鬼　手……………………………………………………091

怀念一双手………………………………………………094

茧　扇……………………………………………………098

泥　佛……………………………………………………101

碾玉的……………………………………………………104

盘　玉……………………………………………………107

潜　伏……………………………………………………111

痰　狗……………………………………………………115

戏衣谢……………………………………………………118

莲花寺……………………………………………………121

徐白菜……………………………………………………125

烟　绝……………………………………………………129

古　玩……………………………………………………133

心　疼……………………………………………………135

天　水……………………………………………………139

望月鳝……………………………………………………142

夜　匪……………………………………………………145

赛　会……………………………………………………148

唾　盂……………………………………………………151

悄然无声的手帕…………………………………………154

捧　角	158
狼　女	161
罗汉狗	165
李大麻子	169
冤　毒	172
黑　丑	175
张　刀	178
章铁拳	181
魏　马	184
薛　弓	187
枸杞井	190

对一块木板的尊重

我的父亲是一个木匠。

很小的时候，我的外公就认定他将来能成为一个好木匠，可是我父亲那时很热衷当一个红卫兵小将，我家至今仍收藏着他当年的一张相片，黑白的，瘦瘦的一张脸上两条眉毛撇得很远，这样的造型可能很难有红卫兵那样的威严，他就故意把小眼睛睁大，让人觉得很滑稽。

那个时候，他可能从来没想过自己会当木匠。

我的外公来找我爹了。

我爹其实很愿意学到这门木匠手艺的，可是他觉得有必要利用这个机会要挟一下我的外公。他就眨巴着眼睛说：葛师傅呀，我这儿可是根红苗正呀，没准还真能跟红卫兵干出点名堂来呢。跟您学那个可就不好说了，也许，连老婆都讨不到呢。

我的外公知道我爹是啥居心，他叹一口气说：只要你这娃安心跟我学手艺，没老婆，我把大丫头嫁给你。

就这样，我的父亲后来成了方圆几十里很有名的木匠。

我的外公最拿手的木工活儿是雕花。

这是个精致的活计，讲究的人家，打个床，打个八仙桌，甚至打个老式的杌凳，都会要求在边边角角雕上图案的。

雕条龙，一只眼睛可以蠕蠕地动，另一只，他就让我父亲雕。

我父亲那时手艺还不精，他只会雕死眼，就是眼珠不会转动的那种。这样的合作，主家一般是不会生气的，主家说如果我外公再雕一只活眼，龙就会活，就会飞。

飞了，他们就什么也得不到了。

雕只凤，最后一根尾翎交给我父亲去做。

雕一朵牡丹，花蕊留给我父亲去做。

当所有的活计都可以交给我父亲去做的时候，他真把他的大丫头嫁给了我父亲。

我父亲很乐意娶我的母亲，因为他早就听说我外公有一块上好的木板，叫水柏，木质酥软，手指都能抠动，可是入了水，它能比铁硬上一百倍。

这是块神奇的木头。

我的外公听了哈哈地笑，他说：哪有这样的木头呀，我收藏的只是一块枣木板，不过，那真是一块好木板呀。我一直想把它雕成一件东西，可是总舍不得，我怕我的手艺糟蹋了它呀。

我父亲当然不相信了，因为我外公说这话的时候就和他坐在屋子里，可是我外公屁股也没挪一下，也就是说他根本没有让我父亲见识一下那块木板的意思。几十年，我的父亲一直不敢在外公面前大声说一句话。

直到我外公临死的时候，他才让我外婆从床铺下抽出一块木板来。

枣木板。

轻轻一叩，能发出金属一样的声音。

这真是一块好木板呀。

我的父亲摩挲着它光洁的表面说。

真遗憾，我一直想在上面雕些什么，可是临死，我也下不了手啊。

我怕我的手艺玷污了它。

我的外公说完就死了。

现在，这块木板终于到了我父亲手里。

我的父亲本来是个很快乐的人，他的快乐，很大程度来源于他对自己手艺的自信。

可是现在，一到下雨天，他就窝在家里不出去。

一会儿摸摸那板，一会儿在纸上画些图。

要不，就磨他那些雕刻的工具。

有一次，一个书法家朋友来玩儿，要给我写几个字。

我的书房正好空出一块，我就让他写了一个"卷不去拂还来"。

那字是瘦金书，铁画银钩，秀逸有致。

写得真好。

我想起了那块木板，想让父亲把这几个字雕上去，算是我书房的名号吧。

我的父亲也很乐意。

他小心地把书法家朋友的字粘上去，然后用刷子一点一点蘸上水轻轻拂动，让墨迹渗到木板中去。

费时一个多月，终于雕好了。

给我看，我说很好。

给我那个书法家朋友看，也说很好，甚至，比他当初写在纸上的还要好。

可是我父亲总觉得哪里不对劲儿。

我的父亲叹口气，拿起刨子，三下两下，把那几个字推掉了。

又成了一块木板。

你瞧，这块木板多好。

可我又不是木匠，我不知道这块木板好在哪里。

父亲死后，我把这块木板送给一个来我家搞装修的师傅。

这真是一块上好的木板，可我实在想不出在上面雕什么合适。

搞装修的师傅用宽厚的手掌摩挲着木板说。

到了我手里，我怕委屈了它。

那就把它埋到你父亲或者外公的坟前吧。

我母亲说。

我没有听母亲的话。
我把它交给了妻子。
劈了生炉子用吧。
我对妻子说。

父亲的鱼塘

一开始只是碗大的一块洼地,一下雨,就积了满满当当的水。

是一块废地,正好,又紧挨着我家的自留田,我家有一张渔网,没事时,我父亲常常拎着它出去这儿撒一网那儿撒一网。

吃不完的鱼,就放进去。

真的像一只碗,日头冒一冒,就把里面的水舔干了。

那些鱼,就露出白白的肚皮。

那天,我的父亲大清早就端着个碗出去了。

蹲在这块洼地边呼噜呼噜地喝着碗里的粥。

回来时就咋咋呼呼地吆喝我娘推车。

他要把那块洼地边沿的土推走,再往深里拓一两公尺。

那可是集体的地呀,能行?

行。我父亲的鼻尖上冒着汗珠。

那可不是咱家的地呀,能行?

我父亲本来已经把铁锹扛到肩上了,听了我娘的话,他又回过头来,说:你个老娘儿们瞎吵吵个啥,我跟村长说定了的事,咋会不成呢?

那时是深冬,我父亲刚端个碗出去,村长也跟了来。

两个人吃蹴着呼呼噜噜喝完各自碗中的粥,村长跺跺脚上的霜,说:狗日的梁泉呀,你把前头的那一截路垫高点。

那一截路，夏天的时候被暴雨冲塌了不少，收呀种的很不方便。

从哪儿取土呢？

就从你家自留田前的洼地里。

我父亲就笑了，知道村长是走的哪路棋，但他还是不放心，想让村长亲口说出来：这截路要是垫实在了，至少得五百方土，要这样算，那块洼地不成鱼塘了？

狗日的梁泉呀，难怪人家都说你门槛精得很——你垫好那截路，只要你不跟我要出工费，鱼塘，就归你用。

不要承包费？

就你那鱼塘，一脖尿就尿满了，你能给个一百还是五十？

我父亲就笑道：中，那中，承包费你不要，逢年过节，少不了你几条鱼。那个冬天，我父亲天没亮就吆喝我娘起来，我娘撅着腚在前头拉，我父亲猫着腰搭着车襻推。风嗖嗖地吹，我娘喘口气的当儿，我父亲褂子上的汗就被冻住了，贴着他的肉，怎么扯也扯不下来。

到春天的时候，一场雨下了两天，我父亲挖的鱼塘就满了。我父亲起了个大早，买了十斤鱼苗放下去了。

我父亲还让我写了"梁泉鱼塘，禁止捕捞"的木牌牌，用一根桩连着钉在水里。

老远，看不见他的鱼塘，但是看得见这块木牌牌。

现在，我父亲变得爱下田了，他总是能从刚拔过的自留田里重新拔出一把草，夸张地扔进他的鱼塘。

这样过了好几年，父亲，也许是认为这个鱼塘真是他的了。

换了新村长。

新村长不像老村长一样和我父亲圪蹴在田头呼噜呼噜地喝碗里的粥。

他坐在我父亲端的凳子上，说：老叔呀，你那鱼塘，是要交承包费的。

毬。

我父亲说：我和老村长讲妥了的。

那不行，都过去好多年了，大伙都有意见哩。

再说，你们当初也没写合同。

我不跟你扯玄，你就说你包不包吧——不包，可是有人想包呀。

日怪，我看谁敢！

人家要是签了合同，可就由不得你了呀。

真的有人包，是我父亲的一个对头，叫大眼。

大眼都四十好几了，还是光棍儿一个，他，哪把我父亲放在眼里？

头天下了鱼苗，第二天，就全漂起来了。

是我父亲晚上下的药。

气得大眼当时就拿把刀砍了我家好大一片庄稼。

第二回，包给村西的老万种塘藕。

老万，那可是个老实人呀，我父亲，能跟他计较？

也没包成。

新村长火了。

没人包，我包。

包了，却什么也不敢下。

就那么荒着。

直到出了事。

新村长跟一个小娘儿们进城开房，回来时竟被那小娘儿们的男人碰见了，虽然两个人咬死了口不认账，但哪里经得起那小娘儿们的男人天天闹呀。

就这样，新村长没法干了，像一只讨不到食的狗，软耷耷的尾巴死死地夹在尻子里。

还有心思去过问鱼塘的事？

新村长买了鱼苗，趁黑撒到鱼塘里。

就像跟小娘儿们进城开房一样，还是被人发现了。

很多人拿着鱼竿去钓鱼了。
我弟弟也去钓了一回,回来时鱼竿就被我父亲踩断了。
我父亲泪流满面。
他说:那是咱的鱼塘呀,你小子,咋就那么不记事呢?

少年心事

1993年并不是一个特别的年份，甚至1993年夏天也不是一个特别的季节。

但那年我读高二，并且，结识了一个叫鬼子的死党。

我们的学校在远离城市的一个小镇上，我和鬼子的成绩都不好，每到上晚自习的时候，鬼子便在黑暗中骂班主任二马（冯）：妈妈的，明知道咱高考没指望，放学了，还让咱在这里陪绑，干吗呀？

鬼子就这样骂骂咧咧地领着我从二马老婆开的小熟食店后翻过学校围墙，向一片麦地走去。湿漉漉的空气中满含着麦花的温馨，一种被我们称为"嚓啦鸡"的昆虫在脚下哼哼唧唧，鬼子说，听，多像你写的诗啊。

鬼子这家伙有点嫉妒我，因为，我曾在县报上发过一首诗，而且，被高二（1）班的韩芸鹃朗诵过。

有一天，我们又翻过学校的围墙，鬼子紧张而神秘地说：今天不去听你的诗朗诵了，咱换个地方。

我问：去哪儿？

鬼子便露出一口白牙，四下里望了望，低声说：看韩芸鹃，你敢不敢？

韩芸鹃不住校，家就在学校附近。每天，我都看见她抱着一大摞书匆匆而来，又抱着一大摞书匆匆而去，但她具体住在哪个村子，我却一点也不知道。

我的头嗡地一响,稍一犹豫,便跟着他钻进墨似的乡间小路。这个计划,鬼子显然酝酿好久,他一会儿跑在我的前面,一会儿又落到我的后面,显得异常兴奋。

走了好一段路,鬼子终于停下来,指着一扇亮着灯光的窗户说:这是韩芸鹃家的后窗,她每天都在这里做作业。

我这才知道鬼子一直暗恋着韩芸鹃。韩芸鹃学习成绩并不好,但会讲普通话。那次联欢晚会,韩芸鹃朗诵了我的那首诗。鬼子非常激愤,回来后差点揍扁我的鼻子。当然,我们还是死党——谁叫韩芸鹃那么喜欢我的诗,谁叫鬼子那么喜欢韩芸鹃!

鬼子让我在一个隐秘的地方等他,而他自己,像一只壁虎似的朝那扇窗户爬去。

回来时,鬼子特意到二马老婆的熟食店里买来一点卤菜和酒犒劳我。

我问:你看见韩芸鹃了?

鬼子说看见了。

我说看见了还让你破费,真不好意思。

鬼子先是一愣,后来可能意识到下面没有好话,就要来揍我的鼻子。

我一边招架一边说:本来嘛,天天都见得着她,有什么值得庆贺的。况且,她长得也并不特别。

和我闹了一番,鬼子这才悄悄告诉我,今晚,他看见韩芸鹃洗澡了。

鬼子闭着眼睛,好像很陶醉的样子。过了好一会儿,鬼子才说:真美呀!我让他说详细点,鬼子不肯,鬼子说:韩芸鹃现在已经是我的人了,你小子,不能再打坏主意。

一连几天晚上,鬼子都带着我悄悄来到韩芸鹃的窗口,当然,韩芸鹃是鬼子的专利,他是绝不允许我靠近一步的。为了补偿我,鬼子每晚都领我吃二马老婆做的卤猪头。很快,鬼子就捉襟见肘了。

鬼子决定回家拿钱,临走时,很认真地叮嘱我晚上早点睡觉,否则,回来一定揍扁我的鼻子。

可巧,鬼子前脚刚走,学校就召集我们高二(1)班和高二(2)两个文科班上一个大课,是县里一个专家来分析今年高考的试题走向。前排的位置老师作了安排,由尖子生坐,后排,就不问了。神使鬼差地,我看见了韩芸鹃,而且,和她坐在了一起。

起先,韩芸鹃和我都有一点矜持。可能是和我一样觉得无聊,韩芸鹃在纸上悄悄写起了诗——

除夕夜走在回家的路上
有一种久别渐生的眷念
从背后,射中我的心脏
爱情,像一支锐利而忧郁的箭
……

这是我刚刚在县报上发的一首小诗,我和韩芸鹃相视一笑。

晚自习的时候,我忽然为自己鸣不平:鬼子凭什么不准我靠近韩芸鹃?他只是暗恋韩芸鹃而已,韩芸鹃朗诵过他的诗?韩芸鹃朝他笑过?

我终于违背了自己的诺言,悄悄来到韩芸鹃的窗前。透过玻璃,我发现屋子里并没有人,靠墙的桌子上摆着一本《高中生课外阅读》,再往里面,便是一块布帘。由于灯在布帘外面,因此看不见帘内有什么,只隐约传来哗哗的水声。我断定,鬼子说看见韩芸鹃洗澡,大概也是这种情形。

就在这时,我忽然听到身后传来一声咳嗽,有人来了,我撒腿便跑,身后的狗汪汪地狂吠起来,惊醒了整个村子。

第二天,我刚被二马揪下床,消息就传来了,说是韩芸鹃洗澡时被人偷看了,而且不止一次,她窗下的草都被踏平了。

鬼子回来时没揍我的鼻子,却不再和我说话,这事就这样不了了之。

大学毕业好几年,才在南方的一个小城碰到过去的一个同学。她说,韩芸鹃你记得吧，高中毕业又上了一年，不知什么原因，竟和二马有了那种事。二马的女人气不过，竟爽爽快快地和二马离了婚，哎，二马都四十岁啦。

那个同学又说，韩芸鹃出嫁的那天，鬼子一直跪在她家窗下，韩芸鹃连看都不看他一眼。

向下开的花朵

我的高中是在乡下念的。

虽说不上是百年老校,但至少也是半百了吧。教风严谨,教学成绩却很差。

校长老曹没办法,到高二时,便将每个学生在心里盘桓一遍,然后,在文理科的基础上增设了一个综合班。

这个综合班,实际上收留的都是一些害群之马,为了笼络我们,在开设正常科目的同时,还邀请了乡里的农技师来给我们开设了几个劳动技能课——凤尾菇的栽培呀、蜜蜂的饲养呀什么的。

那时还没有职业技术学校,老曹的这个权宜之计竟引起了教育部门的重视。

三天两头地到我们学校来开现场会。

我们的鼻子都气歪了:这个老曹,不是存心拿我们开涮嘛。

这样的课,只有苏紫耘爱上。

苏紫耘和我是同桌,每次上这样的课,我都看见她拿支笔认认真真地做着记录。有时,还主动举起手来提几个这样那样的问题。那架势,好像田间地头的老农。

我们都觉得好笑:这个苏紫耘,是不是脑子进水了?

好在乡里的农技师们也知道这不过是做做样子,没几天,就摆出他们的派头来了，上课，来得也不准时了，即使来了，那课讲得也不认真。

苏紫耘再提问，就常常让他们很为难。

苏紫耘就叹口气。

再后来，苏紫耘也不爱上这样的课了。

一个人，去了操场。

那时流行一首港台歌曲，叫《穿过你的黑发的我的手》，苏紫耘就有那样的一头黑发。

苏紫耘的头发又黑又亮，披开来，像一面镜子，能在她的头发上看见人的影子，而且，这些都不是洗发水护发素呵护下的结果。这样的黑发，难道还没有许多双手想穿过吗？

很长，一直垂到屁股下面。

却被苏紫耘剪了。

剪成个很短的蘑菇头。

原来，苏紫耘找了体育老师，想考体校。

成绩不好，又不甘心回家种地，谁不想考体校啊？

体育老师姓姚，叫姚益香，从淮阴师院体育系刚分配过来，篮球专业的，一心想给他的母校再送进去一个篮球专业的学生，便同意了。

但有个条件，让苏紫耘先运球，能在一个星期内把球运得像他一样熟练，就教她。

五天后，我们去操场观看苏紫耘的运球表演。

苏紫耘静静地站在操场上，眼睛怯怯地看着脚下的杂草。

姚益香从我们中抽了七个平时喜欢打球的学生，然后把口哨一吹，宣布如果这七个人能在半小时内从苏紫耘的手中抢过篮球，发毕业证书时我们的体育成绩肯定是一路绿灯。

再吹一声口哨，比赛开始了。

这时的苏紫耘哪是苏紫耘哟！

苏紫耘在人群中左冲右突，那球在她手中忽高忽低，嘭嘭的响声撞击着我们的耳鼓。我挤在人群中，只觉得苏紫耘身上滚热的气浪向我袭来，转瞬间又无影无踪。

过了十分钟吧，我们一开始的信心都没了。

妥协了。

姚益香怂恿我们再坚持一会儿，说女同学都有个缺点，就是缺乏耐力，没准过一会儿她就要主动认输了。

鬼子累得满头大汗，蹲在地上说抢什么抢呀，这篮球就是她苏紫耘生的儿，能让咱沾边儿?

把所有人都逗乐了。

到了高三，所有人都认为苏紫耘考上个淮师体育系已经没有任何问题了，校长老曹甚至婉转地暗示姚益香去他的母校拜访一下。老曹的话说得很绝，他说咱们也不指望那些考官关照什么，但是也不能挨黑枪呀。

文化课是提前考的，歪歪扭扭地，居然被苏紫耘考过去了。

去淮阴师院参加专业考试的前一天，校长老曹特意安排了一场篮球比赛为苏紫耘壮行。苏紫耘作为我们这些差生的榜样早就成了大家瞩目的焦点，所以这个比赛聚集了很多人，有的甚至是从别的学校赶来的。

掌声一直就没停过。

到下半场时，可能是苏紫耘觉得不过瘾，总想表演个高难度动作，后来，她终于逮到一个机会，抱着篮球在空中连翻了两个筋斗，这才将球塞进球篮。哗——掌声雷动。

就在苏紫耘将要落地的一瞬，她的短裤忽然落了下来，像一朵向下开着的花。

苏紫耘的家里很穷，只和一个奶奶相依为命，哪里买得起球衣呀。平时训练时就一直穿她奶奶给她缝的短裤，可能是平时流汗过多，把里面串着的布条儿泡烂了，一用力，就断了。

全场的人一下子愣住了。

姚益香反应快，顺手扯过一面彩旗，遮住了她裸露的下半身。

苏紫耘的脸白了一会儿，竟艰难地笑了笑。

哗，又是一片掌声。

此后，就没了苏紫耘的身影。

据说，去淮阴师院考试的那天，校长老曹特意买了一身球衣送给她。那天，苏紫耘很兴奋，考得也很顺利。

姚益香不放心，找了他的一个哥们儿打听，说是绝对没问题，就是有挨黑枪的，那也轮不到她苏紫耘这样的成绩。

考完试的当天晚上，苏紫耘就死了。

回到家上吊死的。

还留下了遗书：我的家里实在太穷，就是考上了，我也上不起呀。

要是这样说，她也没有必要去师院考试呀。

鬼子说。

你放屁！

校长老曹狠狠地骂了他一句。

那张录取通知，后来一直被校长老曹放在学校的陈列室里。

怀念一个人

说起来真是惭愧呀，到现在，我都不知道她的名字。

她是我高三时的老师，教英语，看样子，比我大不了多少。隐隐约约地，听到她的许多绯闻，好像，她一直就不是个好女人。

课，教得也不好。这没关系，我们这个班是慢班，校长给我们把过脉，我们这个班，没有一棵好苗。所以，他把这个老师分给我们，我们并没有一丝不满，甚至，有的同学还暗暗激动。

我们校长跟刚入学的高一新生讲话，总是告诫他们别靠近我们，说我们五毒俱全、不可救药。他可能忘了，我们刚入学时，他也指着当年的高三慢班对我们这样说过。而且，我们当年考进这所学校，成绩也是相当好的，怎么到了这所学校刚两年，就成了五毒俱全、不可救药的了呢？

不说了，反正我们自己知道，不管怎样，大学肯定是别指望上了。

这个老师是刚从淮阴师范毕业的，水平如何没人敢评价——她上课时我们从来不听，有一回我觉得实在对不起她，打定主意认真地听一回，可是听着听着就糊涂了，只好索性睡觉了。不睡觉时，就帮人写情书。那时，我的同桌周贵追理科班的一个叫王紫颖的女同学已经一年多了。王紫颖给他写过一封信，天真地约他在大学里见面。周贵一个字一个字地看了好多遍，搂着我的肩膀哭了半天，乐得我哈哈大笑。我说：得了吧，就她一个王紫颖，也配跟你谈大学？

她的成绩比我们好？

你等着吧，过不了两次月考，她就会来找你的。

两次月考，周贵都在心里默默祷告，希望王紫颖的成绩能差些再差些。

王紫颖虽然在快班，可她的成绩，嘿嘿，就像一架停在机场等待大修的飞机，腾飞的梦，离她远着哩。

但是也没来找周贵，走路时，连正眼也不瞧他一下。

没辙了，写情书吧。

指望周贵的那几个破字，能俘获得了王紫颖的芳心？

周贵说：好兄弟，你帮我写吧。

嘿嘿，那个时候，我就凭一枝破圆珠笔谋生了。

一封三百字的情书，可以换到周贵的半斤猪头肉，超过三百字，就要另加一瓶高粱酒。

我躲在宿舍里喝酒吃肉，周贵就在我身边叽叽歪歪地讲他和王紫颖的破事。

我们的英语老师发现了我写的情书。

那时，我们的校长正襟危坐地在我们班里听她的课呢。

她很认真地拿过我写的情书，一边看，一边用英语说着什么。

我哪里听得懂呀。

可能校长也不一定听得懂，或者他曾经懂过，现在忘了——他还以为她是用英语表扬我们呢。临下课时，我听见他和我们的英语老师交流体会，说：就是要多表扬这些慢班的学生，稳住他们，唉，好歹混到毕业吧。

校长摇摇头走后，我们的英语老师笑眯眯地对我说：是你写的呀，真好。

写给谁的呀？

我说是写给王紫颖的。

她说：我带给她吧，我也住在女生宿舍。

她穿着软底布鞋，走路时一点声音也没有，像一只猫。

再来上课时，她朝我做了个"V"字形的手势。

胜利了。

但是她不知道我的名字，那封情书上，我仍然署的是周贵。

以后，我写好了情书，就交给她。

我写得很投入，就像是我在恋爱一样。

她也许觉得做这样的事很神秘，脸兴奋得像红彤彤的苹果。

她说：你的语言很美，为什么不试着写点文学作品呢？

没想过。

先试着写点民间故事吧，这个东西好写，竞争也不太强，发表的概率又大，不会有太大的打击。

她的脸仍然像红彤彤的苹果。

她说：我的一个同学，就在报社编民间故事的副刊。

必要时，就寄给他吧。

我就把小时听的一个民间故事写出来，寄到报社去了。

没有消息。

她比我还急，后来她说，你给我吧。

给了她，很快地，就发表了。

我是从周贵买猪头肉时包着的报纸上发现的。

周贵说：你得去谢谢我们的英语老师。

我们的英语老师给我和周贵削苹果，长长的果皮一层层漾开，像心思一样蜷缩在她的脚下。

我一下子感觉很紧张。

她说：他还记得我，他还记得我呀。

她哭了，又笑了，说：该死的，我还以为他忘了我呢。

她说话时，脸像苹果一样红彤彤的。

第二天，就听说她死了，她用那把削苹果的小刀，割断了自己的动脉。

那个副刊的编辑,据说是她曾经的男友。

一个有家室的男人,在师范学校的一次讲课中遇到了她,本来以为是一次艳遇,偏偏她很认真。于是,他就很狼狈,处处躲着她。

躲了这么些年。

急救车来的时候,她还有微弱的呼吸,看见我,她有点不好意思,好半天才说,你不懂的呀。

她死的那天,周贵递给我一个厚厚的笔记本,里面,是贴得平平展展的一封封情书。

是王紫颖退给他的。

我一页一页地撕下来。

一页一页地点上火。

就当,是给我们的英语老师吧。

一个人的死

妻子打电话给我,说要去看一个同学。

在我们这个城市附近的另外一个城市。

我知道她的这个同学是谁。我的妻子在商校上学的时候很贪玩,和她同样贪玩的还有七个。只要是没有课,他们就呼啦一下没了踪影。有时,就是有课他们也照样呼啦一下没了踪影。

老师很头痛,称他们为"八大金刚"。

他们这八个金刚,有五个是女的,我在结婚的时候都见过了,另外的三个是男的,都没来。

我妻子说他们三个是外地的,她没通知。

我见过他们的相片,仅仅从相片上看,他们都是我不喜欢甚至讨厌的那类人。

可能是一种潜意识在作怪吧。

我知道,这三个人,其中的一个是我妻子的初恋。

这三个人,后来有一个搞起了婚外恋,他老婆一气之下打开了煤气阀,和他同归于尽了。

另一个做了一个单位主办会计,贪了一笔不多不少的钱,现在,在一个劳改农场里混日子。

你说说,这都是些什么人。

我妻子在这两个人的相片上画了两个大大的红引号，算是给他们宣判了死刑。

她现在要去看的，是硕果仅存的那一个。

在医院里待了快一年，现在回家了。

肝癌。

我妻子的别的几个金刚们都去过了，可能那个同学本来是不想让我妻子知道的，可是那几个金刚中的某一个无意中说漏了嘴，透露了这个消息。

虽然她一直没说，但是我还想问问。

我说：你要看的这个同学，是不是你的初恋呀？

她愣了一下，说：是的。

我也愣了一下，说：那你去吧。

第二天下午，我正上班的时候，我妻子给我打电话，说她回来了。

我说：哦。

她说，她给他做了按摩，他的骨头已经很脆，好像一不小心就会捏断了一样，而且身上已经没有一点肉了，褐色的皮肤松松垮垮地在手腕上晃动。我说：哦。

回家后，妻子要给我在兰州的弟弟打电话，想让他买点冬虫夏草。

她说她的那个同学现在根本吃不下东西，吃一口，吐一口。

她听人说冬虫夏草能治他的这个病。

我说：哦。

我说：我没听人这样说过，再说，冬虫夏草好像也不是兰州的特产。

咱不就这个弟弟在大城市嘛，或许，他那里有卖的呀。

现在哪个城市的药店能没有冬虫夏草卖？但是我没再说话。也许，她是觉得千里迢迢得来的东西更珍贵吧。

她果然给我弟弟打电话了，说我得一种病，要买点冬虫夏草。

我弟弟当时就吓哭了。

我狠狠地瞪了她一眼，跟弟弟解释说是我单位的一个领导生的病，我是想买点给他滋补一下身子。

我弟弟用特快专递寄来了。

再用特快专递寄给她的同学，估计最多只需要一天。

那个时候，我们的女儿刚得了流感，我们的父母又都不在身边。

可是她还是不管不顾地买了车票去了。

带着我弟弟寄来的包裹。

这次去，她没有在第二天回来。

可能是她的这个同学已经到了最后的几天，又住进了医院。

她去陪护了。

在医院里，她给我打电话，听得出，她的心情很不好，她说：你有过初恋吗？

我说：有，我的初恋就是你。

她叹了口气，说：你真幸福。

她是在一天深夜回来的。

那个时候，早就没有班车了呀。

她说她是打的来的。

要花多少钱啦，我说：你明天回来不行呀？

她说不行的。

因为他已经咽气了。

说这话的时候，她显得很平静，手里，握着我给她泡的一杯热茶。

绿　珠

　　这个叫火车站的聊天室很乱。
　　我就喜欢这样的气氛，我像一只蜗牛一样待在它的一角，偶尔，把自己细细的触角伸一下，再伸一下。
　　不声不响。
　　就看见一个男人不停地发同样一条消息：
　　QQ 号：123456789，手机号：13123456789，网名：绿珠，真名：谢丽婷可能影响别人正常的聊天了，火车站的管理员就问：大哥你干吗呀？是不是有啥伤心事？
　　那个男人发了一个大哭的表情，一下子，大家都伸过头来。
　　我冤呀，我比那窦娥还冤。
　　我和绿珠就是在这个聊天室认识的，聊了一年啊。
　　前天，她约我到宾馆开房。
　　她来了吗？她漂亮吗？
　　来了，漂亮。
　　那你冤个鬼呀？
　　那男人说：她让我去冲个澡，唉，我以为要有好事了，哪知这个臭女人竟偷偷地找我的钱包。
　　找到了吗？

没有，我没带。

那就是说你没有什么损失，你冤个头呀。

你们不知道，她没找到钱包，竟一气之下把我的衣服全拿走了。

我在宾馆的台灯下压了二百块钱，本来准备第二天早上给她的。

这个绿珠就像一只调皮的小狐狸，现在，她正在我的QQ里掩着嘴嗤嗤地笑呢。

我说：你看，你想让这位老大爷（那个男人45岁，差不多算老大爷了）不活了呀？

绿珠说：我只喜欢你石崇呀。

在QQ里，我的名字叫石崇，嘿嘿，模拟西晋那个富可敌国的款爷。

我叹口气，我说：你的前生是一只九尾狐，今世遇着了我，就不要再出去害人了呀。

我说：我给你建个金谷园吧。

我给她在网络社区里订购了一所别墅，就算是金谷园吧。

也没举行任何仪式，她就悄悄地地进去了。

嘿嘿，网络好玩吧？

一举一动，我们都虚拟西晋那个真实的金谷园。

我们在卫生间里点上檀香。

我们坐在铺了绸缎的草地上，让丫鬟给我们斟酒。

绿珠赤着脚在地上跳舞，我给她点《老婆老婆我爱你》。

我差点都以为这不是在网络里了。

但我还是想到了西晋那个甘心为石崇殉情的绿珠。

反正是网络游戏，就让我把这个游戏玩得更刺激点吧。

我给绿珠留言，我说：绿珠呀，当初为了给你建金谷园，我偷了孙秀那小子的银子。

现在，孙秀要杀我了。

然后我又注册了一个叫孙秀的人，当着绿珠的面将我五花大绑。

我引用了西晋那个石崇的原话：我今为尔得罪！

绿珠该怎么说呢——我当为尔殉情？

绿珠什么也没说，竟一下子关上了金谷园的大铁门。

失望到了极点，我让孙秀一连枪毙了我五百次。

我瞎了眼呀。

我注销了网上的金谷园。

我又回到了火车站。

绿珠也回来了。

我说：你也配叫绿珠，人家绿珠可是为石崇殉情了的呀。

你在网络游戏里连假装一次也不肯。

绿珠格格地笑。

笑死我了，你说的那个石崇，养有三妻四妾，就因为他为绿珠花了三斛珍珠，绿珠就得为他而死？

我呸，她说，绿珠是从楼上跳下来了，可是从楼上跳下来之前，她的心早被石崇害死了。

可我不是那个石崇呀。

那你仅仅觉得这只是个游戏吗？如果你仅仅把它当作一个游戏，你会这样怒气冲冲地责问我吗？

如果你是认真的，你想想你最对不起谁。

露天电影

现在想想，过去看的那些露天电影很多已记不清情节。

但是我记得看电影的一个人。

汪琼。

是我们村里的一个姑娘，人长得很好看，又常年有病，就更好看了。

因为有病，所以生产队里的集体劳动没有她的份。

可能是她闲得实在厉害，她常常一个人在晚上出去看露天电影。

离我们这里不远的地方，有一个知青点，那里，常常放露天电影。

她就去那里看。

在我的姑姑们劳累了一天躺上床打呼噜的时候。

有时我做完作业跑出来撒尿，就看见她瘦瘦的身影，在月亮地下一会儿长一会儿短。

老远，就闻着一股淡淡的香味。

是我们这里卖的那种用来驱蚊子的花露水的香味。

她把它当作香水，搽在脸上，洒在身上，喷在手帕上。

我的父亲不准我的三个姑姑靠近她。

我的父亲常常这样叹着气：唉，这个样子，能不出事吗？

果然就出事了：看电影的时候，跟一个知青钻了玉米地。

她像一枚嫩嫩的玉米穗，被那小子剥了个精光。

传说得有鼻子有眼,好像当时有第三个人在场一样。

现在,我们都知道她是坏女人了。

虽然在一个村,我们看见她的次数更少了。

有时我晚上出来撒尿,莫名的,又看见她的影子:搽着花露水,瘦瘦的身影,在月亮地下一会儿长一会儿短。

很寂寞的一个人。

她的父母跪在她面前:闺女,这样下去,你以后咋嫁人呀?

还要出去。

那个时候,学习好像并不是件重要的事情。当她的家人来找我父亲商量时(那时,我的父亲是村主任),我的父亲叹口气说:那就让咱家小黑陪着她吧。

小黑,就是我。

这样的一个坏女人,谁愿意陪她呀?

我的父亲给了我一耳光,他又叹口气对我说:总不能让她就这样坏下去吧?叙起辈分来,她也是你姑呢。

在村里,她是从来不和我说话的,也不和我的父亲、母亲、姑姑们说话。要是哪天有露天电影(也不知她是怎么打听到的),她就会在我做作业的窗口摆一朵她掐的野花。

算是暗号吧。

我就得扔下作业本陪着她去。

至少要走出一半的路程,她才开口讲话。

讲她和那个知青的故事。

有时,她也觉得好奇:当时就他们两个人,别人,是怎么知道的呢?

可能,是那个知青说的吧。

说这话时,我发现她是微笑着的,甜蜜多于怨愤。

那个知青,现在我经常见到他了。

看电影,真的只是个幌子。

那个知青给我两颗大白兔奶糖,嘱咐我好好看电影。他们,就没影子了。

有时电影结束好久了,汪琼才来找我。

快到家时,她小声地问我:那糖,好吃吗?

好吃。

她就高兴了,黑暗中抖抖索索地摸,过一会儿,才摸出一个凉冰冰的东西。是一块被压扁了的大白兔奶糖。

虽然我没说,还是被她的父母知道了。

打折了她的一条腿。

好了以后,她又出来看电影了,胳膊下夹着一根拐棍。

她的父母又一次跪在她面前:就算你不要脸了,我们怎么出去见人啊?

叹一口气,她老老实实待在家里。

喝了一瓶农药。

她死了以后,好像是一下子,村里的姑娘们都迷上了看露天电影。

连我那三个老实巴交的姑姑也各自从电影场上拉回来一个男人做了我的姑夫。

汪琼的坟埋在一个河滩上,每次,我经过时,我的三个姑姑都不让我说一句话。

白亮亮的瓷砖

够耿老汉在这个城市的这个工地打工快一年了,如今大楼建好了,工钱也发了,明天就要回去了,平日里骂骂咧咧的他忽然生出了许多依恋。

狗日的,贱骨头改不了贱命,够耿骂自己。

年轻一点的得财、喜树他们早溜出去看录像了;和他差不多大的老秦、庞二等人在工地的旮旮旯旯转悠,希望能发现一颗水泥钉、半截旧电线什么的好打在包袱里带回家。

够耿看着他们鬼鬼祟祟的身影,又骂:狗日的,贱骨头改不了贱命!

够耿看不起他们。

够耿就和看工地的长富插呱——就是唠嗑。长富是老板的人,给人家干了一年的活儿,如今人家痛痛快快地把工钱全部结了,按理,是该说几句客气话的。说话的时候,眼前,是一地白亮亮的瓷砖。

够耿说:要不,我把这些瓷砖再拾掇拾掇,给码到屋里去?

长富说:不用不用,我侄子说了,你们辛辛苦苦干了快一年,今天虽然也发了工钱,但是,决不让你们做半点事的。

他的侄子,就是够耿的老板。

长富这么说,够耿更不好意思了。够耿就蹲下身,一块一块地捡那些散落在地上的瓷砖。

还找了一个刮腻子的刀,铲背面的砂浆。

长富说：够耿呀，不用了，真的不用了。一会儿，我侄子喊的铲车就来了，这些瓷砖，是要被当作垃圾埋掉的。

够耿就一下子站了起来，这些白亮亮的瓷砖，要被当垃圾埋掉？

是呀是呀，长富也有些心疼。他拿起一块来擦了又擦，一会儿，就亮得晃两个人的眼。

够耿就又想起他的口头禅：狗日的，贱骨头改不了贱命。

也不知是骂谁。

得财、喜树回来时，铲车还没来。够耿就拉住正在旮旯里撒尿的喜树，说：喜树呀，能不能帮老叔一个忙？

天贼冷，喜树撒完尿就往工棚里钻。

进了工棚，一下子就暖和了，回头，却没看见够耿，就又探出头来，见够耿正在拾一块瓷砖，就问：叔，啥事呀？

够耿说：你算算，这样的瓷砖，我那小屋子，要贴满前面一面墙，得多少块？

够耿手里拿着一块瓷砖。

不划缝？

不划，够耿很大气地说。

至少，得一百块吧。

好，叔就问你这个话，你回去睡吧。

喜树的头就缩回去了。

风，像刀子似的。

第二天起来，够耿和长富正说着话，面前，是四四方方的几个蛇皮袋子。

走了，够耿让喜树他们每人给他提一只蛇皮袋。

没看见老板，喜树他们迅速地溜了。

到了街上，得财才问：叔，你向长富要了什么呀？这么沉？

瓷砖。

· 031 ·

老秦说长富那条狗，我跟他讨点白水泥回去抹锅台，他狗日的都不肯给，对你就恁好？

够耿看不起老秦，够耿说：也不是我向他要的，他觉得这些瓷砖扔了也怪可惜，劝我带回去的。

得财和喜树就明白蛇皮袋子里的是那些从屋子上脱落下来的瓷砖了，就笑，说：叔，难怪长富那么好心，这些瓷砖，是不能用的。

咋，不是瓷砖？

是瓷砖，可是背面有砂浆，不好贴墙了。

还是不肯扔。

上了车，老秦、庞二、得财、喜树都把手中的蛇皮袋和行李一起塞进车下的铁皮箱里，够耿舍不得，提着上了车。

装着很轻松的样子，好像，手里提的是一件衣服。

人很多，又都是民工，司机想多挣几个钱，不许把太多的东西带进车厢的。居然蒙混过去了。

人挤着人，一路，就没放下过。

累得不行。

到了家，睡了三天，才张罗两个儿子帮他贴瓷砖。

真的不能贴，这些瓷砖，有的地方有砂浆，有的地方没有，想铲，又不好铲，一铲，就坏了。

就这样贴吧，又太浪费砂浆。

喜树说：要想把这些瓷砖贴好，光黄沙他够耿就要比别人多用两车，算算，还不如买新的呢。

没办法了，够耿叹口气，说：我是心疼呀，这些白亮亮的瓷砖，怎能被当垃圾埋掉？

第二年春天，够耿这样的民工又要像候鸟一样地出去了。

那天，喜树又来喊够耿一起走。

老远，就看见够耿家的门楣上白亮亮地刺眼。

走近了，才发现是一小块瓷砖。

是够耿裁掉那些黏着砂浆的瓷砖一小块一小块拼起的。

两个人走出去很远，喜树回头还能看见那些瓷砖。

白亮亮的，很刺眼。

白 葚

是白色的葚哟，不是紫葚。

石山家的地头不知怎么就冒出一棵树苗。石山懒，不想锄草，就磨洋工，对老婆红瑞说：是棵桑树哩，长大了，可以做根好扁担。

红瑞伸过锄头就要搒，石山不让，要留着。

就这样，一扭一扭地长高了。

那一年，石山到田里看庄稼，老远，就发现桑树叶子下吊着一只只老蚕，近了，才发觉是桑葚果儿。

白葚。

你见过？反正石山没见过。石山就觉得是稀罕物，摘一个尝尝，甜津津的。挨家挨户地送。

回了家，红瑞问：都送到了？

都送到了。

书记家也送了？

书记家在河堆上，独门独户，离得远。

石山挠挠头：没。

咋？

到他家门口时，手里没了。

红瑞说：你心里没他哩。

就没他，咋？

咋？今后，有你小鞋穿的。

我怕他？

再想一遍，确实没什么好怕他的：地，他敢不给种？税，他敢多收？

咱不犯法，他算个球；犯了法，他又能帮得了咱？

红瑞不听他胡咧咧，和他怄着气，一夜，也没让他挨身。

第二天，石山还赖在床上，有人敲门了。

是宝通。见了石山，笑笑说：这白薹可是个好东西呀，我爷爷早年在城里的大和堂药房做过伙计，这白薹，治老年人的咳嗽，贼灵。

就从怀里取出石山昨天给的那枚白薹，说：恁贵的东西，你还是留着吧！

走了，留下那枚白薹，像一只老蚕蜷伏在桌子上。

石山骂：狗日的，书记没吃着，你就不敢吃了？

一会儿，竟有许多家都把白薹送来了。全聚拢在桌子上，像一条条老蚕在蠕蠕地动。

数数，竟差一枚——是会计家没送来！

石山心里直乐，会计也是干部哩，会计敢吃，我怕你？

隐隐地，好像有人在哭，是会计的女儿小妮。

会计正拿着鸡毛掸子在骂：书记没吃着，你敢吃？叫你吃，叫你吃！

石山听了憋了一肚子气，晚上，揣了几颗白薹去书记家。书记陪着他爹从城里刚回来，正喝着酒呢。书记的爹一声一声地咳。

石山蹭进去，笑笑。

书记也笑：咋，喝两杯？

不了。

有事？

没。

坐了一会儿，石山欠欠屁股说：咱大爷那病，治好了？

哪能，哮喘这病忒烦人，断不了根。

· 035 ·

我家里有一棵桑树真日怪，竟结了白葚，宝通那狗日的说治哮喘贼灵。

哦？宝通这家伙什么都通，没准儿是真的。

我都带来了，给咱大爷尝尝，或许，真能治好哩。

听说，叫会计家的小妮吃了一个？

小孩子，就别跟她计较了。石山的脸上讪讪的。

你呀，书记也笑。

桌上，就放了那些白葚，灰头灰脑的，聚在一起似开会的蝌蚪，哪还能吃呢？

出了门，遇见了宝通，宝通问：那白葚，书记收下了？

收下了。

啧啧，书记收下了，书记是看得起你哩。你家里有没有了，有，也给我一枚。

明年吧。明年，一定给你留着。石山没好气地说。

第二年，那棵桑树又扭呀扭地想结桑葚果儿。

石山握着锄头怔了半天，叹一口气，说：看把你能的。

一伸手，耪倒了那树。

书记家的屋后却长满了桑树，虽然瘦，长得却极欢实，一扭一扭的。

是白葚。

石山心里想，敢情，书记是扔了那些白葚？

驼 五

关于驼五的传说很多。

最经典一个说他被老婆高秀花打急了眼，呼地一下钻进了床底，高秀花可是五大三粗的娘儿们，哪里弯得下腰呀，就缓和了口气哄驼五说：你出来吧，只要你出来，咱什么话都好说。嘿嘿，驼五像个鳖，根本不吃她这一套。没有办法，高秀花就用笤帚捅，捅急了，驼五才不紧不慢地冒出一句囫囵话：

你捅吧，男子汉大丈夫，说不出来就不出来。

这件事，尽管别人说得有鼻子有眼，但他本人是坚决不认可的。

还有一个传说：驼五虽然不识多少字，但却爱看书。有一回，刚拿了一本书在手里，高秀花就喊他去拐磨——拐磨，就是推磨。我们这里的人，喜欢把嫩一点的玉米用磨碾成一种糊糊，用它来煮粥，香得很——驼五只有三拳头那么高的个子，哪里推得动一人多高的磨撑子哟。

不肯去，高秀花说：我也不指望你推磨撑子，你就帮我下料口吧——下料口，就是把泡好的玉米粒灌到磨眼里去，这个工作，三岁的孩子也是可以做的，可能是驼五觉得这个活儿低贱，死活不肯去，说：我正看着书呢。

你识的字还没有我盆里的玉米粒儿多呢，你看书，那不是糟蹋书嘛。

劈手扯了那书，高秀花拎着驼五的脖子就去了磨房。

一台磨，是由两片磨盘组成的，上面的一片，叫磨脸，下面的一片叫什么，我就说不上来了。

拐磨之前，得先把两片磨咬合的磨盘掰开来洗一洗。

驼五就不情愿地掀起磨脸，让高秀花清洗。

高秀花可是个仔细人，磨牙里的玉米屑，她也要扫干净的，扫不干净，她还要用手去抠。

好了，她的手刚伸进去，驼五把磨脸放下来了。

压住了高秀花的手指头。

疼得钻心。

驼五一点也不客气，顺手拿来磨撑子，没头没脸地一顿乱捶。

小娘儿们，打不死你。

你看看，驼五虽然是个驼子，却很有心计，打老婆，那也是别出心裁。

左右的庄邻，不怕他驼五的明枪，却难提防他驼五的暗箭。

哪个敢惹他哟？

也没人敢帮他，驼五这个人，可能觉得自己没那个实力镇得住高秀花，却又极不甘心戴一顶绿帽子，只要有哪个男人沾着高秀花的边儿，不管人家是出于什么居心，嘿嘿，你就等着瞧好吧。

不是把人家的门上糊了牛屎，就是砍了人家田里的庄稼。

有一回，高秀花请她小学时的一个男同学帮她拖了一车稻子。第二天，驼五就钻到这个男同学家的院子里，在这个男同学老婆晾着的内裤里塞了一把柞树上的洋辣毛子。

你想想，穿上身，那还消停得了？

又不好用手去挠，又没看见是他驼五作的恶，只好在心里把驼五的祖宗反过来掉过去地骂。

就这样，也拦不住高秀花红杏出墙。

起先，驼五发现高秀花在镇上的供销社里总能赊到酱油呀盐呀什么的，后来，居然连红糖这些紧俏的东西也赊得来；而且，好像高秀花根本不焦心哪天有钱还给人家。

驼五跑去一看，什么都明白了。

柜台后面，站着一个从上海来的知青。

白白净净的，戴着一副酒瓶底似的眼镜。

叹一口气，驼五竟什么也没说。

什么也没做。

反倒让高秀花觉得别扭。

有知青要返城的消息传出时，这个知青来到了驼五家。

给驼五跪了下来。

高秀花不让，说我跟了你这么多年，哪能让你说走就走了呢。

驼五叹了口气，说：让人家走吧，等了半辈子才有这样的机会，可不能叫人家再恨咱半辈子呀。

第二天，两个负责知青返城工作的干部来调查，驼五硬说那个知青是他认的一个干亲，外面传说的关于这个知青和高秀花的事，其实连影子都没有。

知青一去不复返。

临死的时候，驼五对高秀花说：要嫁，你就嫁给你那同学吧，我可是早就看出他对你有意思了。

死鬼呀，那你一开始为啥难为他？

唉，那时，人家可是有老婆呀。

去年，他老婆死了。

高秀花的眼泪哗哗地流。

高秀花说：死鬼，你就安心地去吧，这辈子，我不会再有嫁人的念想了。

用半生的时间仇恨一个人

朱崇武是我高二时的班主任，教化学的。

很年轻，好像还没结婚，但有个未婚妻，在城里的一个小学做老师，叫小苗，据说是大学里的同学，每个周末都要来一次，给朱崇武洗这一周换下的衣服，自然是有奖赏的——陪她看一场电影。乡下的电影院，放的可不都是城里人看过的电影？

小苗老师就不肯去，那意思，想两个人多待会儿。

朱崇武嘿嘿一笑，果真就关了门。

像他们这样的单身汉，虽是每人一间宿舍，但都是紧挨着的，不很隔音。

就有同样单身的年轻老师要出朱崇武的洋相，想听壁根儿。

哪知没一会儿，小苗老师就提着她的包出来，走了。

回去了。

听壁根儿的老师捂着嘴嗤嗤地笑。

原来，朱崇武平时很少洗澡，小苗老师是嫌他身上那味儿。

可能是小苗老师向他提出什么要求，朱崇武没答应，结果，下一个星期就没有准时出现在我们的校园里。朱崇武起先并没有觉得有什么不一样，照样和我们在一起踢球。到了星期三，一下子发现自己没干净衣服换了，这才连呼中计。

没办法，只好去向体育老师姚益香借。

借给他一身笔挺的西装。

朱崇武平时不穿西装，可又不好意思让姚益香换一套别的，只好穿了上边的褂子，把裤子退还给他。

第二个星期，小苗老师还没来。

那件西服已经被穿得不成样子了，脏且不说，而且皱，穿在他身上，整个一个卓别林。

那可是一件价格不菲的西服呀，没事时，姚益香就不自觉地跟着他，欲言又止的样子。

朱崇武不以为意，或者，他根本没看出来。

一次上课做实验时，有一点稀释过的硫酸溅到他的手上。

顺手，他就擦到袖子上。

姚益香看到了，一下子冲进教室，说硫酸有腐蚀性，朱崇武这样做，不地道——他是教化学的嘛，能不知道？

两个人在课堂上就拉扯起来。

最后，朱崇武一气之下就把那件西服脱了下来。

全班同学哄笑起来——原来，朱崇武里边竟连褂子也没有穿。

比较另类吧？

那个时候，我们都有一种奇怪的想法，觉得朱崇武的言行举止特别另类，宛如魏晋名士，因此他几乎成了我们的偶像。我们收集所有关于他的奇怪言行，然后一一模仿。

让学校很头疼。

因为西服的那件事，姚益香对他很反感。后来，姚益香做了教务主任，竟把他支到一个小学去任教了。

我们得到这个消息时都很震惊，在我的鼓动下，我们高二（1）班全体学生竟然联名给校长写了一封信，要求朱崇武继续教我们，继续做我们的班主任。校长没办法，最后，又请回了朱崇武。

那天晚上，我们正在上晚自习，朱崇武竟突然来了，仍旧是那副散散漫漫的样子。

后面，跟着白发苍苍的校长。

没说话，他递给我一张试卷。

化学试卷。

我知道那意思——如果我能考好，他也许就愿意留下来了。

我额头上的汗流下来了，我的化学成绩最差，这份试卷，我是无论如何也答不好的。

他轻蔑地笑笑，然后，骑上他的破自行车，走了。

轰，全班同学笑了起来。

校长也笑了。

我的头脑在瞬间一片空白。

一直到毕业，我都极少说话。

这件事对我的影响太大了，也许，我会记住一辈子吧。

前些天，有个同学打电话给我，说朱崇武病了，是一种很奇怪的病——失忆。

失忆？

他总记得我吧，他伤害过我呀。

同学说：你来吧，我们都商量好了，要去看看他。

我是最后一个去的，去时，姚益香正陪着他说话。

姚益香说：你还记得我吗——我借过西服给你穿呢。

包括小苗老师在内，所有的人都笑了。

朱崇武望了望他，犹犹豫豫地说：我不认识你呀。

总该记得我吧？我说。

你是谁呀？他望着我。

我的眼泪一下子下来了，我说：你怎能忘了我呢？因为那次考试，我记恨了你半辈子——半辈子呀，我浪费了多少时间和精力，你怎么能忘了我呢？

他惊愕地望着我,过了半天,无奈地摇摇头说:对不起呀,我真的不认识你。

我的眼泪唰地一下子流出来了。

临走,我恭恭敬敬地向他鞠了一躬。

绝 活

老城虽然老，名气却极大，奇人也多。大概就是因为老的缘故，那些醉汉似的古代建筑便格外引人注目。"青砖小瓦花格窗，回廊挂落马头墙"的风格陶醉了一批又一批的旅游者。来这么多人，自然得吃饭，却又都有个怪癖，青睐地方的特色风味，于是刘记削面馆的生意就分外惹人眼热。

刘记削面馆和吴承恩故居对门，古色古香的建筑，古色古香的摆设，就连门口的那张大铁锅似乎也显得古色古香。一拨又一拨的旅游者匆匆拜访了吴承恩就挪挪屁股赖在刘记削面馆不肯走，嚷着要尝削面刘的绝活。而削面刘总是不着急，慢腾腾地拿块肥皂洗那寸草不生的老头皮，待到吊足一屋子人的胃口，这才捋干净肥皂沫，把醒好的面团往头顶一放，食客们便鹅似的伸长脖颈瞧稀罕。削面刘不说话，摆个马步，抬起手中的两把刀在耳朵边左斫右切，起先那一招一式大家还看得分明，后来便只见两把刀的白光上下翻飞，连铁锅里的热气似乎都被剁得粉碎。极白的面皮纷纷落下，削面刘的儿子便到滚沸的锅里捞削面，一勺一碗，端到食客面前：拢在一起的面皮花瓣似的逐渐开放，小而极薄，放在手上看得见对面的指纹，尝一尝，味道极佳。

后来有个日本厨师旅行团到老城来观光，极力称赞削面刘的刀功，就在市长的接待会上提出要求，希望能得到一盘有关的录像带回去。这等于给削面刘（甚至老城）作一次免费的宣传，市长不敢怠慢，立即带了电视台最好的记者前去摄像。削面刘二话没说，当下洗了头，让记者选准角度，操起双刀就要表演。

市长却皱了眉道声且慢，秘书小马就跑过来对削面刘说，这盘录像带可是人家日本鬼子要的，您把面团直接放在头上，显着咱中国人不讲卫生哩。

我的头一天洗18遍，咋会不卫生？削面刘梗着脖子说。

这是个形象问题嘛，市长拍拍削面刘的肩膀，人家只看到您的头皮和面粘在一起，又不知道你洗了头。

削面刘一时语塞，市长便招呼小马：快去弄块毛巾来，要白的。小马脆脆地应一声，变戏法似的取了块白手巾来，对折叠了，往削面刘的头上一放，说声OK，那边记者已经开始录像。

削面刘怔怔地站着，他感觉到毛巾里似乎藏着许多虱子，咬得他浑身发痒，他很想搔搔头，可是看见市长正满意地站在旁边，拿刀的手忽然颤抖起来，铁锅里的热气似乎比平时烫人许多。削面刘咬咬牙，闭上了眼。

好，这很好，市长满意地说：这雾一样的热气，这雪片似的面皮，很有点唐诗里的意境。我建议，这部专题片的名字就从唐诗里找。咦？市长的眉头忽然又皱了起来，他发现眼前的雪片都染成了红色，"柳絮飞来片片红"却不是唐诗里的意境。

停——市长一声令下，削面刘应声倒地，肥而白皙的头皮上被划了很长一刀，鲜红的血蚯蚓似的慢慢往下爬。削面刘的儿子干号一声：爸，您一生从未失手，这次怎的？

削面刘张了张嘴想说什么，可嘴角却咸咸的。

尾声：

削面刘伤好之后再也不操旧业，电视台的那位记者在拍吴承恩故居的风光片时偶然又遇见他，他只注意到削面刘头上长长的一道疤痕，在阳光下分外明亮。

茅窝儿

下了车,和司机对骂几句,两个女孩这才跳下高速公路。

乡下的风一吹,墨似的夜就笼罩了她们。

拐上一条羊肠子似的小路,胖一点的女孩忽然叫道:糟了,手袋还在车上呢。

瘦一点的女孩也紧张了,摸了摸所有的口袋,又在心里核对一遍自己的东西,这才安慰胖一点的女孩说:你那手袋里,不就放了一卷卫生巾嘛。

两个人在外面待了一年,钱要放在贴身的地方,这一点,她们懂。

里面还有个通讯录呢,上头,有好多人的电话哩。

瘦女孩又笑:就凭你,想要几个电话号码,那还不是方便得很?只怕你的通讯录不够用呢。

两个人嬉笑着厮打在一起。

累了,瘦的靠着胖的背,胖的靠着瘦的背,坐在田塍上休息。

瘦的说:你真不回去看看?

胖的说:不了,等看过你奶奶,咱就走。

两人都有些冷。

过一会儿,胖的问:你那本,还在?

在。

哪天，借我抄一遍。

嗯。

又往前走，就走进一条两边长满芦苇的小路。

瘦的说：在我们这里，这条路被称做"相思路"。

下面肯定是叫人脸红的话，瘦的把嘴贴到胖的耳边。

两个人，叽叽咕咕。

胖的听得一惊一乍的：要是叫人看见怎么办？要是遇着坏人怎么办？

瘦的说：没事的，乡下人遇到这事躲都躲不及——晦气，要触霉头的。

果然就碰到一对，像兔子一样慌慌地跑了。

地上，是一件女人的衬衫，也是慌慌的模样。

胖的要向前去，瘦的拦住她说：过一会儿，他们还要回来的。

说着，就流了泪。

胖的知道瘦的一些事，瘦的在家时有个相好的，两个人谈了几年恋爱，那个相好的突然无声无息地走了。瘦的央人去打听，说是出去打工了，具体的地址说不清楚。

胖的就安慰说：你能遇到他呢。

瘦的叹口气，说：看缘分吧。

到瘦的家时，瘦的把门一推，门就开了。

胖的说：门，也不锁？

瘦的嘻嘻一笑：我奶奶天天盼我回来，哪能锁门呢？

进了西边的厢房，两个人烧了水，吃了，洗了，睡下了。

胖的睡不踏实，早早就醒了。

醒了，仍蜷在被子里，没动。

推门的老太太吓了一跳，在门外定了半天神，问：是妮儿回来了？

是——瘦的蒙在被子里应了一声。

老太太就呜呜咽咽地哭了起来。

瘦的叹口气坐起来，说：奶，不回来你哭，回来了，你咋又哭了呢？

047

老太太就噤了声，说：人老了，没出息了。

吃罢饭，三个人坐着晒太阳。

老太太闲不住，从屋里抱出一大撂芦苇花来，又从怀里拽出一团麻线来，编编扎扎，粗糙的手便被阳光浸透了。

胖的问瘦的：你奶奶，在干什么？

编茅窝，穿在脚上，可暖和了。

老太太手不闲，嘴里问胖的：家在哪儿？几口人？父母身体可好？

胖的平时挺烦人问这些问题，这回，竟答得极仔细。

一会儿，两双茅窝儿就做好了。

胖的脱下高跟鞋，揉着脚趾说：这一路，可没少遭罪。

瘦的干脆连袜子也脱了，把两个白白净净的脚伸进茅窝儿，来回走了几步，说：到晚上，就全好了。

晚上，胖的舍不得脱下茅窝儿，站在外面看远处高速公路上的汽车呜的一声，又呜的一声，脸上忽然就有了泪。

瘦的问：城里，咱还去？

去。

那通讯录，你说要抄一遍？

不抄了，等看过咱妈，我们就走。

又说：走时，把这双茅窝儿也带着。

瘦的撇撇嘴说：带这个，还不让城里人笑掉大牙呀？

胖的就流了泪，后来胖的说：还是带着吧，穿着它，咱就不会迷路了。

公鸡在远处的地平线上喔地叫了一声，天，快亮了。

手 艺

我说过我的父亲是个木匠。

是的,他是个木匠,雕花的。

很早的时候,他的手艺就很有名气。

接的活儿做不完。

做不完,他也不着急。

干活儿,慢得要命。

他有电刨,可是却从不用它来刨木板。他那个手推的刨子舌头都磨下去好大一截了,他还舍不得扔,用斧头敲下来,在火上退退钢性,找个小板凳,在蘸了水的灰砖上一会儿磨过来,一会儿磨过去。

就这一道工序,要足足地浪费半天工夫。

每次都是这样。

有一次一个准备嫁女儿的主家嫌他这样浪费工夫,在工资之外又封了个红包,说女儿的嫁期很近,请他无论如何帮这个忙。

我的父亲很客气地拒绝了那个红包,然后,竟背上自己的工具回去了。

主家怎么赔罪,他都不登人家的门。

他说他是凭手艺吃饭挣钱,别人可以看不上他这个人,但绝对不能轻视他的手艺。

一扇屏风，也就是雕四幅梅兰竹菊，他先得问问人家是什么木质。

最低的档次，要是枣木的，不然，他是不会接下这个活儿的。

然后就问人家，是浮雕呢，还是镂空。

浮雕，那就只是雕一层即可，他不接浮雕的活计，他说那样的手艺别的木匠也会，随便找一个就得了。

他只接镂空的活儿，而且，至少要镂三次空。

没有这样的活儿，他情愿在家里闲着。

肯定是不会让他闲着的，主家有时会主动更换木材，主动增加雕刻的难度，为的，就是希望我的父亲能够出马。

还是先磨刨子，推平木材的表面。

然后，就眯着眼端详木材的纹络，在心里打腹稿。

凿出大致的图案后，他就不说话了。

有时半天能凿下一大堆木屑。

有时，眼屎大一点也凿不下来。

刻刀在他手里。

或者说他在刻刀手里。

有时主家会过来看看，主家觉得差不多了，就会喊漆匠来上漆。

——主家等着用呢。

就惹恼了他，红着眼要跟主家拼命。

好了，不漆了，等你哪天说能交工了，咱再漆吧。

等我的父亲交工了，主家表面上说多谢多谢，脸一转，就把我父亲恨得要命——他，也没再雕下多少木屑嘛。

我的叔叔跟我父亲拜的一个师傅。

两个人一起满师的。

但是两个人从来不接同一家的活儿。

不是他们两兄弟不和，是他们的脾性不一样。

我的叔叔不仅手快，而且喜欢用电刨，用一切在他看来能省事的工具。

我的父亲没事时就叹气，说我叔叔不是靠手艺吃饭的，他是靠那些工具吃饭的。

我父亲做出来的东西，即使过去许多年，他也可以一口认定那是他的手艺。

而我的叔叔，他可就认不出哪是他做的，哪不是他做的了。

他也没那个兴趣，他现在开了家具店，忙得不得了。

我高中毕业后，在我叔叔的家具店里打过一阵子工。

他的家具上的花，都是电动刻刀做出来的。

我去了不到半个月，就熟练得成了老师傅了。

你可以想象得出，我去我叔叔这里来打工，说明我父亲其实已经没有多少活计可做了。

他整天待在家里，老得，像一头骆驼。

虽然身板消瘦，头，却抬得高高。

我的叔叔一次次地请他到自己的家具店里来帮工，他都不肯。

他甚至连去我叔叔的家具店瞧一眼的兴趣也没有。

我父亲的病，和他的手艺没关系。

但他真的病了。

病得不轻。

我的叔叔来看他了。

我的父亲说：你坐吧。

哎。

两个人说了半天话。

回忆了我父亲的一生。

临走时，我叔叔才意识到他刚才坐的，可能是他的家具店卖出的椅子。

怎么是这样呢？我的叔叔说：他把自己的手艺看得那么重，屋里怎么会有我们家具店的椅子呢？

我们这里有这样的风俗：一个人死后，他的亲戚朋友都会分得一点死者生前使用过的东西。

算是留作念想吧。

我父亲死后,我的叔叔就想要一件他生前雕刻过的家具。

可是我们竟然惊讶地发现家里根本没有一件家具是他做的。

回到家具店后,我的叔叔常常发愣,他说他现在满眼都是我父亲干活儿的情景。

他是没有办法做家具店的事了。

他把家具店盘给了我。

舒婷老师

舒婷老师那时是我们学校唯一的公办教师，工资比校长老曹高出好几倍，却不会花，领回来，都交给他的丈夫袁德粮。

那个时候，我们是不怕舒婷老师的，放了学，就跟在她的身后，学着我们父亲的样子说：德粮呀，你狗日的哪来的艳福呀，竟日了个公家人？这时，就会有另外一个学生自告奋勇地扮起了袁德粮：嘿嘿，老哥，我不是没办法嘛，要不咱俩换换，就今晚？

舒婷老师是不会生气的——或者，是她假装没听见吧——她依旧不紧不慢地往回走，即便是下雨天，她也这样不紧不慢地走着。

模样儿倒是挺端正的：细白细白的脸盘子，温软温软的手腕子，紧窄紧窄的腰身子。有一回下大雨，路上泥泞得很，舒婷老师看我们赤着脚，她也犹犹豫豫地赤了脚，裤管挽得高高，我们一下子看见了她的腿肚子，妈呀，竟也是嫩得像一根葱。

这样的女人，虽然惹得男人多看两眼，口头上，却是没人说一句好的。

她是个工农兵大学生。

她的父亲原来是我们这个县的副县长，她就被推荐上了工农兵大学，毕业了，她父亲却犯了事，跟我们乡里一个女妇联主任搞腐化，被他的政敌薅着了小辫子，掳了职务。本来，舒婷老师该是有美好前途的，现在，只好到我们这个小学做了老师。

校长老曹是个人精,一开始,他是一心想要舒婷老师来的,后来见着了她,几句话一问,知道舒婷老师虽然有个诱人的文凭,却是个绣花枕头,就不想要了,回来时,就把她扔在了乡里的文教办。一直过了十多天,校长老曹去乡里开会,见着了舒婷老师,一问,竟没一个学校要她,校长老曹叹一口气,临走,就把她带回来了。

让她教我们数学。

不放心,看着她写好了教案,又让她做了一回说课。

这才进了我们教室。

课,也没讲好。

校长老曹以为她是紧张呢,就说:你想怎么教就怎么教吧,这些孩子,谁指望他们上大学?

还是教不好,进了教室,连一句囫囵的话都说不好。

校长老曹急红了眼,说:你到底会个啥呀?

舒婷老师说她会做题。

又不是要她做学生,会做题,顶个球?

校长老曹有办法,那时,农村的小学里大都是民办教师,每年,都是要培训和学习的,过不了关,就不让教书了。那些个民办教师,家里的农活儿都忙不了,谁还有心思进修哟?

就让舒婷老师去,挂别人的名。

反正大家都知道是怎么回事,乡文教办也不好过分认真,睁一眼闭一眼,也就过去了。到了民师转正那一年,我们学校很多老师都拿着舒婷老师给他们考取的学历证书顺利过关,这才记起舒婷老师的好处来——当然,这是后话了。

说说袁德粮吧。

袁德粮早年进过乡里的毛泽东思想宣传队,拉得一手二胡,想当年,也是一个人物,身上的风流债不少。毛泽东思想宣传队解散后,他一下子就落了架,再也没人拿正眼高看他了。这时,舒婷老师来了。袁德粮那时不了解舒婷老师，但是心里觉得舒婷老师这样一个高学历的人，肯定是他的知音，就一遍一遍地给舒婷老师拉他的二胡。

舒婷老师很烦他，就翻开书准备做题，一做题，她就什么都听不见了。

只有一个打更的老李和舒婷老师住校，老李就常常在深更半夜听到袁德粮的二胡吱吱呀呀地哼。

后来，就听不到了，老李觉得事情有些不妙，就喊：袁德粮，你狗日的别做缺德事哟。

袁德粮气喘吁吁地说：就好就好。

第二天，舒婷老师照旧做她的题，好像什么都没发生一样。

老李叹一口气：这样，也好。

这样过了几天，袁德粮竟大模大样地搬过来住了。

舒婷老师竟也是很高兴的样子。

她是觉得有了袁德粮，生活上的许多事都不必问了。

她只管安安心心地做她的题。

袁德粮花着舒婷老师的工资，拉着他的二胡，身边，花花草草的事就像春天里的花花草草一样，又繁茂了起来。

找到当年在毛泽东思想宣传队的感觉了。

袁德粮是个旱鸭子，有一回，出去和一个小媳妇幽会时，竟掉进身后的河里，又不敢呼救，淹死了。

舒婷老师好像也没有太大的悲伤，在校长老曹的帮助下，好歹安葬了他。

学生放假，按理，老李也只能尽尽护校的责任，不再操心舒婷老师的伙食。

有时，就能回家转转。

回家之前，必定告诉舒婷老师饭怎么做，菜怎么做。

好歹，也能糊一口填填肚子了。

有一回，还是饿了两天。

是酱油没了,舒婷老师不知道到哪里买。

舒婷老师生下孩子后,也死了。

那孩子,是个男的。

叫袁盼新。

是舒婷老师给取的。

袁盼新头脑很灵光,却不爱学习,他的爷爷校长老曹常常拿他没办法。

后来,校长老曹找出当年舒婷老师做的题,对袁盼新说:你看看吧,这是你妈当年做的题,好好学学她吧。

厚厚一摞本子上,写的题都是最简单的个位数加减法。

袁盼新自然是会做这些题的,他看了半天,狐疑地说:我妈那么大个人,整天就做这些?

校长老曹也愣住了。

过一会儿,袁盼新的眼泪哗哗地流。

我的徒弟

四处打工的时候活得最泼烦。

我老婆说：你可不能这样呀，再这样，你会疯掉的。

其实打工也没有什么不好，你瞧，和你一起打工的人不都活得开开心心吗？

可是他们跟我不一样呀，他们没有我那么大的野心呀。

算了吧，像他们那样，也是一种活法。

想想也是。

我打算融入他们的世界。

我像他们一样在累了的时候跑到很远的地方撒一脬尿，利用这样的机会喘一口气。

我像他们一样早早地吃完饭，然后躲到工头不容易找到的地方眯一会儿，解解乏。

我们的工头接的是绿化队的活儿，就是在路边的绿化带里栽树呀、种草呀什么的。

我真的觉得像他们一样，其实也是一种不错的活法。

那段时间，我很快爱上了这种民工式的生活。

你瞧，我给一棵棵绿化树浇水，能听得见它们缓慢地喝水的声音。

滋——一声。

滋——又一声。

我们工头的儿子,用北方人的话说,有点"二",这个"二",可能就是"二百五"的意思。

初中的时候学习就不好,后来,我们工头给他交了很大的一笔钱,让他上了河南商丘的一所民办卫校。

回来就想开个门诊。

你想想,他那个样子,哪能给人治病哟?

我们的工头说:一开始我就没指望你能给人治病,我就是想让你跑远点,免得我看见心烦。

现在你回来了,也不要指望我养着你——跟我去栽树吧,我给你工钱。

这小子,都跟我一样栽树了,还想摆一摆臭架子。

可能是他觉得自己有一个花钱买的中专文凭,跟我一起干这个,有些委屈吧。

锄草时,我有心逗逗他,我指着他刚薅下的一棵草说:小子哎,知道它叫什么吗?

不就是一棵草嘛。

错了,这叫铺地锦,算起来,也是一味中药。

它的枝叶里有一种白色的黏液,可以治眼疾。

哦?

哦。

以后,他就一直跟着我了。

背地里,他就知道我是个高人了。

嘿嘿,只要我们工头不在,他就一口一口地称我"师傅"。

我们工头分给我的活儿,他总是抢着帮我干。

有时,还偷偷地塞给我们工头的香烟。

我就教给他一些没用的知识,比如什么样的兔子粪就有资格叫做"五灵脂",就可以入药治病了。

我有一本清代淮安中医谭季庵先生写的医案，那其实是一本没有多大价值的东西，唔，送给我这个徒弟吧。

他很高兴，那双手，竟令人好笑地一直发抖。

我估计，这本医案他肯定是没办法看下去的，里面的一个个繁体字，就肯定会要了他的命。

果然，他很快又给我送来一包好烟。

他知道我喜欢不值钱的古董，偷来了他家多年不用的一只鱼盘子。

嘿嘿，算是交了学费。

嘿嘿，原来谭季庵在医案里表示重量的计数都是过去的苏州字码，他哪里认识哟？

虽然我对中医也只是懂些皮毛，可是要在他面前把自己装扮成一个中医世家，嘿嘿，那可真是小菜一碟。

我给他讲"山阳医派"。

我给他讲我们这里能见到的一些中草药。

算是解闷儿吧。

可是他听得很认真。

有一回，我们的工头没有及时地从绿化队领回工资，这小子竟然从家里翻出一叠钱来，拿着他父亲的工资册，一个一个地发给我和平时跟我关系好的工友。

那可是我们工头用来周转的资金呀。

免不了被暴打一顿。

这之后，他老实了许多。

只是还挨着我。

我快要离开那个工程队的时候，我的这个徒弟找到了我。

给我看谭季庵写的一个膏药方。

问我是治什么病的。

我哪知道呀。

我看也没看就说是治骨病的，是治腰椎间盘突出一类毛病的吧。

哦。

我说：你小子可千万别用这个方儿，里面有一味"红丹"，那可是剧毒呀，会出人命的呢。

他说：我不用。我做了编辑后的一天，在路边看到了过去的工头。

我给了他一支烟，他望望我，没接，拍拍屁股去了另外的一个地方。

我过去的一个工友悄悄地跟我说，你可把他的那个儿子害惨了。

他不知从哪里配齐了一个膏药方，说是你说的，治腰椎间盘突出，有奇效。

他做成膏药，给我，我没要。

他就贴到自己身上要做个证明给我看。

险些要了他的命。

这些，我哪里知道呀？

我问：现在，他去了哪里？

走了，他去南京学厨师了。

临走，他把你给他的那些医书全撕了。我过去的工友给了我他的电话，说：你给他赔个不是吧，不管怎么说，这事已经发生了，也已经结束了。

我没打。

我知道，他是不会原谅我的。

我也不会原谅我自己。

袁麻子

袁麻子是我的启蒙老师，教了我两年。到了三年级，袁麻子说什么也不肯教了。我们都觉得袁麻子够意思，因为我们已经得到消息，说将有一位城里的女教师来我们学校支教，袁麻子不教，我们自然多了一层被女老师教的希望。

其实女老师并不一定真来，她是县教育局一个领导的亲戚，想利用支教的名头把职务往上提一提。但袁麻子却认了真，跑到文教办吵了几次，那女老师竟真的红着眼睛来了。

不用说，一下子就发现了正赤着脚在操场上打稻谷的袁麻子，便狠狠地朝他啐了一口。袁麻子满脸的麻子里都填着歉意，他搔着头皮说：真对不起，我也没别的意思，就是想让娃儿们瞧个稀罕，都上三年级了，也该知道普通话是啥味道了不是？

女老师可能被袁麻子的话给感动了，竟踏踏实实地教了我们一年《语文》，把校长乐得像个孩子似的，临走，从自己家里扛了一袋玉米硬要她带上。

袁麻子只上过小学，不愿意参加农村的体力劳动，才托了关系代课的。课自然教不好，教至三年级数学，头皮就发麻，好在那时乡文教办设立了辅导组，专门辅导像袁麻子这样的老师。每逢这样的机会，袁麻子都不肯错过，撇下田里的农活儿高高兴兴地去了。袁麻子记忆力极好，常常能一字不落地把听的课全背下来，这样，再教课勉勉强强就可以对付过去了。偶尔有学生刨根问底，袁麻子就慌了神，往往要把学生领到校长老曹那里，老曹函授过大专，自然是会的，就叫袁麻子也过来听，袁麻子连连摆手说：我就算了吧，听也听不懂的。

期末乡里举行统考，袁麻子教的班竟总能进入前三名。袁麻子当然很高兴，常常到学校附近的小店里买些糖果来，每个学生发一粒。

袁麻子是全国第一批民办教师，转正时条件相当宽松，教龄够学历够就行。学历的要求也不高，高中毕业。高中的校长是袁麻子的同学，前几年有民师请他办假学历，他一打听，知道是为日后转正用的，就劝袁麻子也办一个。袁麻子却不听，袁麻子说都乡里乡亲的，我那点老底，谁不知道？现在上面一下子认了真，没有文凭的，可以参加考试，如果考试也不及格，只好等下一次了。袁麻子一下子慌了神，跑到职改办，人家根本没拿他当回事。袁麻子想举报别人的是假文凭，想想都不容易，便算了。校长老曹给他出主意，说县教育局还有几个名额，是照顾情况特殊的民办教师用的，让他到县里争取一下。袁麻子想了想，忽然有些悲哀，说也只好如此了。

第二天，袁麻子带了一本高中《代数》，与女儿一起进了城。

袁麻子来到教育局，找到局长办公室，局长正在开会，疑惑地问：老同志，您有事？

袁麻子谦卑地笑着说：也没啥大事，就是高中课本上有一道例题，我抄下来了，请您给解一解。

局长笑笑说：你这个同志真幽默，都毕业几十年了，谁还记得？你去找高中的老师吧，谁不会，我撤谁的职。

袁麻子当下冷了脸，说：我专程来找你的，你一个局长都做不了的题，让我们民办教师做个球？说罢，向女儿丢了个眼色。

袁麻子是近亲结婚，闺女的头脑有些问题，见袁麻子使眼色，她便羞答答地薅住局长的裤带，怎么也不肯松手。

局长没料到袁麻子会来这一手，顿时急白了脸，要去洗手间。袁麻子也不拦，让闺女在门口守着，孰料从洗手间竟出来个女的，板着脸把袁麻子的女儿训了一通，袁麻子的女儿当时就吓哭了。袁麻子笑笑，说：没事儿，咱走。

晚上局长回了家，一进门，袁麻子跟他老婆聊得正起劲儿呢。第二天，袁麻子被局长用专车送了回去，局长再三关照说：你千万别来了，这件事，我们一定好好研究。

袁麻子获过乡文教办奖励二十多次，县教育局奖励三次。另外，年轻时做过文学梦，搜集过几首民歌发表在县里的文艺小报上，袁麻子教过《语文》，那三首诗算教学论文。结果，职改办按照顾政策给了他一个转正名额。

校长老曹去给袁麻子贺喜，袁麻子正在家里喝酒呢，袁麻子红着眼睛说：按理，我也到退休的年龄了，这书，我就不教了吧！

校长不解：转了正，工资就可以成倍地往上翻了，怎么不教了呢？

半晌，袁麻子嘀咕一句：丢人呗。

找 人

找人。

到哪里去找哟？

不找又不行，够耿说出去的话硬得像一块石头，这个时候，总不能软乎下来吧？

昨天，够耿乘火车到这个城市打工，也不是图省钱，够耿是在中途一个小站上的车，可不就没了座位？没办法，站了六个小时，终于到了。

出了站，够耿放下行李卷儿，想松口气。

哪知行李卷儿比他还累，一下子，就瘫倒在了绿化带里。

其实绿化带里也没几棵花呀树的，长得茂盛的，倒是一丛丛狗尾巴草。

够耿正可惜了这块地，偏偏一辆车就过来了，车上下来两个人，一看，就知道是城管聘用的民工。

够耿觉得那两个民工可能真把自己当城管了，人还没到，声音就过来了：你以为这是你家地头呀，就你那破包，也敢随便放？

够耿知道这种人比真正的城管还难对付，脚一伸，早把他的行李卷儿勾出来了，看看，好像也没什么大妨碍，那一丛狗尾巴草弯了弯腰，又站直了。

够耿弯了弯腰，也站直了。

·064·

够耿说：你们还真把自己当个城管呀？

两个人就火了，也不多说话，扯过够耿的行李卷儿，一下子，就扔进车斗里了。

够耿站着没动。

只是冷笑。

要是真的城管，够耿还有兴趣跟他们争夺一番，而且，他有把握，胜利的，准是他够耿。

但是现在够耿不，够耿说：你们俩也不照照镜子，只怕你们现在好拿，到时送给我，就麻烦了。

我找得到人的。

你们，喊。

够耿一副不屑的样子。

直到那两个人嘀嘀咕咕地走了，够耿才一下子感到有些失落。

唉，在这个陌生的城市里，他够耿认识谁呀？

没心思去工地了，暂时，在一个露水摊儿上吃面条。

摆摊儿的，是一对中年夫妇，听口音，好像也是够耿家乡的人。

一问，还真沾点边。

巧了，这对夫妇也是个热心人，听了够耿的诉说，当下就笑了，说：就这点破事？你等等，等我们收拾了摊子，就替你张罗，保管让那两小子服服帖帖地给你送来。

收拾了摊儿，已是午夜了。

那个男的从怀里掏出个破手机，一摁，居然也滴滴滴滴地响。

低声下气地对着手机讲了几句。

就写了一串手机号，然后交给够耿，小声地提醒道：明天，你就打这个电话。她是个很吃得开的人，你的事，准保摆平——记住啊，你就说你是我的亲叔，没有这一层关系，怕人家不乐意。

要找的这个人是一个黄花闺女，是打工子弟学校的老师——摆露水摊儿卖面条夫妇的小孩，就在那里上学。

多少，有些失望吧。

还是把经过说了一遍。

就这事？

就这事。

你等一下，等我上了第一节课，我就给你办。

能行？

准行。

就等。

上了第一节课，那老师把他带到附近的一个菜场。

找到个卖肉的——可能，也是个学生家长吧。

卖肉的听够耿把事情经过说了，手中的剔骨刀一扔，就从怀中拿出一个油亮亮的手机，一摁，居然也滴滴滴滴地响。

也对着手机讲了几句。

末了，很大气地对够耿说：你给我一个电话，搞定了，我打电话给你。

可能，是真的有点把握。

够耿就哆哆嗦嗦地掏烟。

这点破事，吃你啥烟呢？

扔给够耿一支。

想了想，就在烟盒上写下了老板的手机号。

好像是这个号吧。

去工地了。

一个多月吧，这个城市的城管执法大队给够耿的老板打电话，让够耿去取那个行李卷儿。

够耿差不多都忘了这事。

还是去了。

没看到那两个聘用的城管。

说是到别的地方打工去了。

执法大队大队长看了够耿一眼,忽然就笑了。

他说:就这事你也找人?你到我们这里来,写个认错书就行了。

又说:既然你找了人,总不能不给人家面子——这样吧,认错书,就不要你写了,行李,你拿走吧。

拿走了已经发霉的行李卷儿。哪里还能用呀?刚回来,就出事了:比够耿先到几天的得财出去玩,被当作小偷抓走了。得财的弟弟急得直哭。够耿很大气地说:怕啥?咱有人!

铜　匠

在我们这里，铜匠，也被称作补锅的。

似乎，铜匠只会补锅。

不是么，每次，我们这里的乡下逢集，清江浦的铜匠就来了。

推着一个小独轮车，左边，是一个小的煤炭炉子，右边，是一些很零碎的工具：一个笨重的铁撑子，一个长长的羊角锤，还有一只掏空的牛角。

在一个不很热闹的地方放下车，铜匠取下铁撑子，前前后后地看一会儿，这才打开来撑在地上。

这才向人家借一把铁锹，在脖子上拴了一只空的牛角，到附近的沟沟坎坎寻一种油泥——是一种发红的黏土，这种黏土，只能现用现挖，一点不能马虎。挖到了，先剔去外面包着的一层沙，端详它颜色的红润程度（太艳，则说明尚未长熟；太暗，则说明它已经熟透，不堪使用了），辨别它的纯度，揣摩它的黏性。拳头那样大的一坨油泥，没有一个时辰的工夫，铜匠是搞不掂的。

油泥有了，还要将它掺上糯米汁和猪肝合捣成胎泥。

装到空的牛角里。

这时，徒弟早已生好了炉子，面前的铁撑子上，也摞了好几口锅。

铜匠规规矩矩地坐到一个马扎子上，看徒弟将那些锅漏水的地方用羊角锤敲出一个个圆，他自己则根据这些圆的大小，在炉子上设计出对应的锔钉。

胎泥，是夹在一副锔钉中间的。

这个锔匠在方圆数十里很有名气，据说他补的锅很耐烧，有的锅被主家铲得像一层薄纸，他补的锔钉还是好好的。

就是存心磨掉锔钉，中间的那层胎泥，也绝不会掉的，它，已经和锅铁连成一体。

都知道锔匠是清江浦人，也有人去过那里，却从没人在哪条街巷里见过他。问锔匠，锔匠就笑，清江浦那么大个地面，你们，都到得了？

想想也是，清江浦那么大，一个小小的锔匠铺，谁会在意呀？

锔匠佝偻着身子，不说具体的地点。

我那铺子，虽小，却很热闹。

也有人去补锅？

没有，来的人，都补些茶壶呀玉器呀什么的。

都是古董呀，补好一件，那就都够我们师徒俩吃半年的。

徒弟只是笑，这是个好徒弟，锔匠说什么，他都笑。

也许是因为生意越来越不好做了（这和锔匠手艺的好坏没有关系，只要你留心看看，现在很多传统的手工艺都在渐渐消失），也许是因为锔匠的身体越来越差，锔匠到我们这里来的次数越来越少了。偶尔，来的只是他的徒弟，做锔匠活儿的同时，还顺带做点别的生意。

后来，竟把他的本行忘了，开始卖塑料制品了。

不来就不来吧。

有一回，来了个穿长衫的老人。

是我们镇上的丁三太爷。

这年头，只有他还穿这样的长衫了。

丁三太爷拿来一只紫砂壶。

是丁三太爷的宝贝，丁三太爷的那双手，长年累月地捧着那壶摩挲，现在早已温润细腻了。

也不是什么值钱的玩意儿。

那壶,现在坏了。

是不小心摔坏的。

丁三太爷笑笑,能修得好?

铜匠的徒弟搔搔头,说:那玩意儿我好长时间没操持了——干脆,你再买一个得了。

丁三太爷摇摇头:跟了我这么些年了,舍不得呀。

修好了,您能给多少钱呀?

你说吧。

那……我试试。

铜匠的徒弟知道,凭他的手艺,要修好那壶,得一个月。

铜匠的徒弟关上门,在家待了整整一个月。

在集上见了丁三太爷,铜匠的徒弟捧出了那只补好的壶。

一个往外掏钱,一个往外递壶。

叭,那壶在水泥地面上碎了。

这回,可是碎得够彻底了。

帮着再补一补吧!

铜匠的徒弟解开盛壶的尼龙袋子看看,一片片,碎得像指甲盖儿,哪里还补得起来呀!

补不起来,那也得补。

丁三太爷阴着个驴脸,走了。

这个丁三太爷,儿子可是我们镇的镇长呀。

惹得起?

铜匠的家,其实在清江浦的一条后巷里,整天照不到一丝太阳。

哪里有铜匠当初说的那样辉煌哟?

铜匠正躺在床上,身上,盖着一床破被,露出黑黑的棉花。

放那儿吧。

铜匠眼皮也没抬一下。

师傅……人家，要得很急。

走吧。

一个月……可以吗？

锔匠不再答话，锔匠的徒弟就知道，他真的是该走了。

一个月后，锔匠的徒弟硬着个头皮去取那壶，刚走进巷口，就看见丁三太爷也走了进来。

锔匠开了门，两个老人，在有些寒意的秋风中，很别扭地以古礼相待。

锔匠的徒弟贴着门缝朝里觑，就看见两个老人相向坐着。

桌子的中间，摆着那个补好的紫砂壶。

一个个火柴头大的黄铜锔钉，整整齐齐地排列在壶身上，泛着淡淡的光。

一下子，锔匠的徒弟就跑了进来。

往后，锔匠的徒弟照样到我们的镇子上来卖塑料制品。

锔匠的徒弟在他的摊子上摆着一个字牌：承接各种锔匠活儿。

虽然很少有人瞧那块牌子，但锔匠摆得规规矩矩。

那时候，锔匠已经作古。

人们恭恭敬敬地称锔匠的徒弟为锔匠。

无锡老板

认识无锡老板的时候，我正在一个工地打工。

那是条高速公路旁边一个休闲中心的工地。可是高速公路还没使用呢，周围，一个人也没有，下了班，我得用工地上的水平仪才能看见远处有一两个农民。他们也不是向我这边来的，他们背对着我，向更远一点的村子走去。

我都快憋疯了。

我们要做的，是休闲中心的一个污水处理土建工程。

我要做的，就是等搞土建的民工下班后，帮着他们照料工具并看管一台小松牌挖掘机。

这些东西，好像都没有被偷走的可能。

老天爷好像前列腺患了毛病，一会儿，就尿下一脬，一会儿，又尿下一脬。一尿，挖好的塘四周就开始塌方，轰一声，轰又一声。

一会儿，白天挖好的塘就差不多填平了。

土建工程的乙方承包人是我的姐夫，他向发包的甲方提出了在塘的四周下井点的构想——当然，这就得追加工程款。

甲方可能以为我姐夫是故意讹他，回电话不予采纳。

——那时，甲方还在无锡呢，他根本不了解我们这里的土质情况，我们这里可是流沙土呀，雨水足的时候，就算不塌方，挖一锹，过一会也能长出一锹来。就这么耗着吧，我姐夫给我批了几大箱方便面，他自己，跑到别的工地去了。

有一天，这个空旷的工地上来了一辆外地牌照的小车，下来一个老板模样的人。

他在塘的四周转了转，吸了一支烟，甩手又给了我一支，一口的无锡腔调。他说：你们这里的土怎么是这样的呢？

我笑了：我们这里的土，怎么就不能是这样的呢？

他打我姐夫的电话，然后，坐进小车走了。

进了城里的宾馆等我姐夫。

晚上，这个无锡老板竟回来了，钻进了被窝。

那时，我正在吃方便面呢。

他递了一包热乎乎的熟食给我：你这么瘦，吃那个哪行？

狗日的苏南人精着呢，放着好好的宾馆不住，跟你套啥近乎呀？我姐夫在后来的一天对我说。

无锡老板没有追加工程款，而是买了一台水鸭子。

挖掘机再挖土时，那台水鸭子就在下面嗡嗡地响，有多少水，它就吸多少水，都吐到远处的一条废沟里去了。

虽然还不断地有雨，虽然还不断地有地方塌方，可最后还是挖成了，而且，还下了垫层，埋下了预置件。

那天晚上，这个无锡老板在工地上跟我聊天。天一下子又下起了雨，可不是尿尿那么简单了，一会儿，就看不见雨柱子了，从窗口往外看，那就是一道雨墙呀。

两个人，一人一支烟。

工棚里湿气太重，火柴擦不着了，我把香烟伸到太阳灯下，强烈的光，一下子就把香烟点着了。

两个人默默地吸了会儿烟，我让无锡老板看天上的雨云。

无锡老板惊叫了一声。

雨云上，很清晰地映着许多横横竖竖的几何图形，很规则。

那是什么呀？

是因为雨云离我们很近，太阳灯发出的强光把脚手架的影子打上去了。

太阳灯的光，最多也就照出五十米吧。

你想想，那雨云离我们，多近。

这个无锡老板，一下子被吓傻了。

好半天，他才哆嗦着说：弟弟你一定要帮帮我呀。

我比你大几岁，做你哥可以吧？

我能帮他什么呢？

倒是他想帮帮我了：弟弟你咋不去上学呢？

我说：没钱，再说，高考时分数也没达线。

你就说你想不想上吧——那些，都不是问题。

这个老板的父亲，叫周孝芹，他说是无锡理工大学的校长，搞工程力学的，如果我愿意到他的污水处理设备厂去打工，他愿意让我去那里上学。

说得像梦似的。

但是毕竟他给了我梦呀。

这个工程结束时，他给我一张他的名片，上面有他的电话号码，让我哪天想去上学了给他打个电话。

这是我收到的第一张名片。

我小心地收藏着。

我去一个乡村小学代课时，把它夹在办公室的玻璃台板下。

我去一个窑场拉砖时，把它藏在空心的车把里。

甚至我在无锡的一个工厂打工时，也把它放在贴身的衣兜里。

但是我没打那个电话，也没去找无锡理工学院。

我做了编辑后，把这个故事写成一篇散文，发表在无锡的《太湖》杂志上。

江苏省市级期刊交流会在无锡召开时，《太湖》主编汪源清先生找到我。

要看我收藏的那张名片。

他看了，笑了，说：他去无锡理工大学拉过广告，那个周孝芹校长跟他很熟，但是好像没有这样的儿子。

我知道，我说，这么些年我收着它，我不奢求这个梦是真的，但是我想拥有这个梦。

白家茶局

在清江浦，喝茶的地方分两等：茶楼，茶馆。

望月楼、小澄潭、桐荫园这些茶楼，一般只接清江督造船厂购买船料的掮客或者当地的盐商，门脸总是迟迟疑疑地半掩着。有客人上门了，茶馆儿的喏唱得也不洪亮，低得像暗夜里的萤火。客人定好包间，茶馆儿才捧去一壶茶，斟满了面前的空杯子，便退出去，在门口轻轻说一声：有事您招呼。

基本上，就没他们什么事了。

要是客人不点茶，上的，一般都是都梁大雨山的"明祖贡春"。这种茶，其实都是些初萌的茶芽，虽甘而清，却不耐泡，两冲之后便如白水，卖得却奇贵。讲究的，还有水。这些茶楼，每天都要出去买水。这水，都不在清江浦本地：第一等的，是都梁的灵岩寺泉水；第二等的，是第一山的玻璃泉水；第三等的，是龙兴寺枸杞井水。

一般，门厅里都要摆三个绿釉荷花缸，就放这三种水。

现在你知道了吧，茶楼，那是给人谈生意的，摆谱的。

茶馆，那可就热闹了。

光顾的主儿，可以是落魄的文人，摆个"卢仝七碗"，打打茶围；也可以是没落了的官宦士绅，要一壶茶，听个大鼓，唱个清音，就可以消磨半天。甚至，可以在里面抽个鸦片，要个小钱，招个野妓什么的。

茶局子，那是排不上号的地方。

挣的，都是河工呀、轿夫呀、赶驴拉车呀这些人的钱，自然是什么都不讲究的，能把水烧开了，就行。

录事巷口的白家茶局，就是这样的。

录事巷对面，就是清江浦的大闸。从闸上下来的苦力，都要坐下喝茶的。一个钢子儿掏出来，茶倌儿就可以拎给你半桶。

也有雅间。

雅间，一般只有两张方桌——那是吃"擂茶"充饥的地方。

白家茶局的掌柜叫白元亭，小时候生过大病，长大了，就把个背驼了。

起先是他的娘招呼生意上的事，他——只待在一灶四锅的茶炉后面烧水，憋急了，才出来透个气，像个魂儿似的，一晃，又不见了。

后来，也讨了个媳妇。

是个拉野客的妓女。

白元亭的娘死了，他的媳妇就上了前台，倒也把个茶局子拾掇得有条有理。尤其善做"擂茶"。

"擂茶"，就是将芝麻核桃杏仁莲子等炒熟，有客家点了，当面将这些东西擂碎，以开水冲泡，供客人食用。

别人做"擂茶"碗里少不得要飘浮这些果仁的皮屑，这些皮屑紧紧地包着里面的果仁，谁能把它剥掉哟？

白元亭的老婆却能。

白元亭的老婆将这些果仁剥尽，好像也没刻意地做什么关目，下到屋后的河里，将盛了果仁的箩漂浮在水面上，两只细嫩的小手一搓，就搓掉了那些表皮，然后在水中漾一漾，就漾掉了。

晒干炒熟，老远，就闻着了香味。

生意上的精明，只要别人学不来，就会被传得很玄。

就出了名。

连过去的那些嫖客也来了。

虽然不做过去的行当,也还是有人在她忙得腾不出手的当儿这里那里地摸一把。

只好操起铜勺自卫了。

用铜勺里的热水往人家的身上浇。

也不敢浇开水,表达一个提醒的意思就行了。

白元亭,仍然缩在茶炉后面。

大热的天,竟罩上个厚厚的耳焐子。

别人见他这个样子,胆子,就更大了。

附近店铺的学徒伙计,宁愿穿街过巷多跑腿,也要到白家茶局来冲开水。这些个生瓜蛋子,图的,还不就是瞧个稀罕?

有一天,来了一群日本兵。

不是喝茶的,他们围着一灶四锅的茶炉转了半天,叽里呱啦地不知说什么。那个时候,日本人已经进了城,而且,早就成立了维持会,好好的,他们是不敢杀人的。

围了很多人看热闹。

一个日本兵看了看那么多的茶客,忽然笑了笑,爬上灶台,对着那四口锅撒起尿来。

很多人听到了白元亭说的第一句话:畜生,你们都是畜生呀。

一盆沸水,迎面泼了过去。

日本人号叫了一阵,这才腾出手来拔刀。

白元亭,却已经倒在地上。

被自己吓死的。

那个耳焐子,掉在他的脚下,被踩得粉碎。

平平静静埋了白元亭。

平平静静卖了一天茶。

第四天,大生堂药铺的一个伙计来了,冲开水的。

白白瘦瘦的一个后生。

白元亭的老婆笑一笑,给他冲了一壶开水,说:你别忙着走。

· 078 ·

白元亭的老婆说：你还是个生瓜蛋子吧，以前，一有客人摸我屁股你就偷偷地看。

　　现在，我就让你看个够。

　　掩了门，脱了衣裳。

　　让他看个够。

　　看够了，白元亭的老婆穿上一件鲜亮的衣服，又朝他笑了笑。

　　说，记住了，打鬼子哦。

　　一转身，就跳进屋后的市河里，死了。

　　干干净净的市河，再也没人饮用。

长随二题

在过去,能做到县令以上的官,都有"长随"跟着。这些长随不拿朝廷的俸禄,却帮着做朝廷的事,和师爷幕僚不同,和普通的杂役书童也不同,他们是老爷的耳目与手足,事理兼通,人情练达,处处替老爷把着关呢。

之一:门政

这位爷是刚上任的,叫凌子春,河南人,举子。在过去,只有进士以上才有资格"榜下即用",也就是所谓的"老虎班"。而举子只是"一榜出身",属"清流",想做官,得到吏部注册,每隔若干年,朝廷都会在这些人中挑选出一些当地方官,谓之"大挑"。

凌子春就是被"大挑"到清江浦来的,做县令,在"大挑"的九班中,算是最好的了。

门政,叫个刘狗儿,是凌子春带来的"肚子",不是他的本族。这话咋讲呢?凌子春家境贫寒,没做官前一直以借贷度日;刘狗儿是个半傻子,他的父亲刘守田却薄有田产,见凌子春好像能有出息的样子,就时常周济他。凌子春被"大挑"的前几个月,刘守田正好也翘了辫子,刘狗儿变卖了田产,凑得点银子借给凌子春开张上任,自己以债主的身份跟了来,在过去,这样的人就叫"带肚子"或"带驼子"。

门政管衙门前号房的一应事务，朝廷里也是派了这样吃公食的，叫门丁，嘿嘿，门丁也就算个门丁罢了，挣几个死钱，能像刘狗儿这样算个爷？

刘狗儿做个门政，得分管"司差门"和"司执帖门"两件差使。"司差门"，那是一点油水也没有的，甚至连油花儿也不会撇到。"司执帖门"说头可就多了，一般来讲，有求于老爷的，若想跨进这县衙的门槛儿，首先得通过门政这一关，不给点"门敬"，说明你没把老爷当个老爷——他的门你松松爽爽地就想进来，你把谁放在眼里了？有身份的人，是不是就可以省下这点钱了呢？也不行。嘿嘿，让门政给老爷递帖子的时候，顺便封一个红包，这才能说明你的身份嘛。

约定俗成了的。

刘狗儿傻，却深谙做门政的规矩。凌子春来上任的那天正是农历大年三十，旧县令交了印也没急着走——反正，去新的任所也不在乎这一宿二日耽搁——就在清江浦一个世交家里住了下来。第二天，旧县令在屋里等了半天也没见凌子春来给他贺岁，知道凌子春还没弄透这官场上的某些潜规矩，偏偏这旧县令也是河南人，出于好意，他想暗示一下凌子春，遂决定到衙门里先给凌子春拜个年。

带着两个随从，一个姓屠，一个姓杨。

哪知就被刘狗儿拦下来了，要门敬。

旧县令哪受过这等污辱？况且，他是要到别的地方去做道台的呀，又不是落了势，当下两个随从就扇了刘狗儿耳光。

刘狗儿自从昨天得了门政这个官衔就神气起来了，冷不丁挨了这两记耳光，不管不顾地就招呼来几个门丁，将旧县令的两个随从摁在地上好一顿打。

事情闹大了，凌子春听到消息，仍然窝在后衙晒太阳，直到惊动了淮安府尹，凌子春才文绉绉地写了四句打油诗：

狂奴恃强打屠杨，一时气倒旧黄堂。

磕过头儿赔过礼，得收场处还收场。

· 081 ·

自此结下了仇气。

这清江浦虽是富庶之地，却因为境内有黄河、淮河，一旦洪涝暴发，清江浦首当其冲，沟壑相连，饿殍千里，一时盗寇蜂起。朝廷为了稳定民心，往往要发放赈灾银粮。所以，一听说要发洪涝，做官的就高兴，发财的机会来了。

这一年，清江浦领得赈银九万两，凌子春一个人独得两万五千两。

当然，报给朝廷的账目，签押房长随领班早就做得滴水不漏，再怎么查，也是不会看出猫腻的，凌子春就安心在屋里数银子得了。

朝廷，照例要派出一批官员来检查救灾赈济工作的。

偏偏来的是一个刚刚步入官场的山东书生。

好在长随们比他的主人更熟稔人情事务——羊毛出在"狗"身上，既然出在"狗"身上，大家都来薅一把，也是没什么的。

于是两班的长随们一起坐到茶馆里，两壶茶的工夫，就把斤头谈妥了——由凌子春拿出一万两来分赃，事情就算摆平了。

一直，这样的事都是长随们办的，好像，也没出过乱子，偏偏这回，这个山东书生认了真，要亲自查。

怪谁呢？

两班长随们又聚在一起喝茶，山东书生的长随就受到了揶揄。

很没面子哟。

我说过，长随，那也不是普通的奴才哟。

就发了急，在山东书生的茶水里下了毒。

杀死了一个朝廷命官。

手腕很隐秘，这时的凌子春也是个了不得的人，朝廷里，也是够得着一些人的。

这样的事，他只要舍得花银子，也是可以办得妥的。

凌子春不在乎花银子，这个时候，他还有什么舍不得呀？

朝廷命官死在任上，毕竟不是小事，照例，都察院要查勘一下的。

偏偏，来的就是当年那个离任的县令——如今，人家已是都察院一个了不得的官了。

来了，凌子春给他打了一盆水洗尘。

笑笑，也吟了一句诗：

昔日曾遭恶犬欺，此事至今不堪提。
纵然掬尽黄河水，难洗当年老面皮。

什么也别说了，既然人家都说出这样的话了，再怎么做，也是没有意义的了。

都招了。

把凌子春押去京城时，当年的县令看见了刘狗儿。

这回，刘狗儿不要门敬了。

笑笑，愿意跟我走么？

刘狗儿扑通一声跪了下来：这事，跟我没关系呀！

我没说这事跟你有关系，我是想，有你这样的门政，做爷的，心里肯定会不安生。

不安生，才能安生呀。

这话，刘狗儿听不懂。

之二：稿签

稿签，按现在的话说就是秘书或办公室主任。

过去官场上有假门政真稿签之说，意思是门政什么人都可以做，只要能唬住人就行了，而稿签——也就是签押房领班——没有足够的本事那是肯定不行的，要通晓文件律条的笔墨款式，要安排公事的轻重缓急，要揣摩上司的种种心态。老爷审案时，还得缩着脖子站在旁边听，对每个案子的全过程，审案的老爷不一定全记得，但稿签却必须记得，这个过程少不得受当事人的贿赂，于是就在笔录上做点曲笔，或是故意将不利的证词遗漏。

这样的一个人，没有点真本事，敢做？

这些稿签，过去有笑话他们看家本领的小令，说得倒是极生动：

写得一笔好字，绘得两竿清竹，唱得三声清音，穿得四季衣裳，下得五子围棋，常常六亲不认，其实心中戚戚，逢迎八面玲珑，偶尔久坐不动，乍看实在威风。

这样的稿签，老爷上任的时候一般是带不来的，大多是同年同僚上司做主推荐的，反正，在那样的时代，只要你想要什么样的人，就会有什么样的人产生，当官做老爷的，还怕找不到奴才？

这位稿签，姓谈名得来，嘿嘿，谈得来，却极谈不来，瘦瘦的一个人，留着两撇淡淡的八字须，怎么看都像是签稿时不小心画上去的墨痕。

没事，就在后衙里转悠，也不出去。

莫测高深的样子。

其实他也就是喜欢写点诗，那个年头，写个诗算什么呀？

偏偏凌子春也喜欢写诗。

文人相轻嘛，两个人，虽然经常在一起，却总是很少谈诗歌的事。

那一年清江浦下了很大的雪，把后衙的一棵老梅都压折了。到了晚上，月牙儿出来了，没化的雪在枝上暗暗地白，化了的雪成了水也在枝上，被月光一照，就成了一棵琉璃的树了。

哪能没有诗呢？

谈得来缩着脖子站在梅树下。

凌子春低着个头站在梅树下。

两个人都是近视眼，看见了对方，都有些惊讶。

谈得来说：莫非——老爷你是在找东西？

凌子春笑笑说：是呀，我丢了一首诗的下半章。

冷雪对寒梅，墙阴枝自横。

色香全在淡，人境两俱清。

这诗写得确实不能算好，稿签觉得没有必要恭维，都是文人，都知道诗的好坏，言不由衷地说好话，有时会得到相反的效果。

稿签就笑着说：老爷您这首诗的下半章被我找到了：

独乐宋司马，长年商老彭。
和羹非我事，瘦骨自天成。

好像也不怎样，好了，文人都是这样的，彼此差不多，就有共同语言了，就可以相互吹捧一下了。

两个人，就出了后衙。
来到了运河边，那里是棚户区，住的，多是难民。
往深里走，也有几竿竹。
没有风，竟也兀自抖了抖枝上的雪。
竹后，是一所禅院，叫青龙寺。

房上有瓦，遮不住风雨。
窗上有纸，挡不住霜雪。

两个人都觉得有些冷。
佛灯前，也有人在吟诗。
是一首好诗呀。
谈得来也说是一首好诗。
凌子春伸头望一望，是个七八岁的孩子，免不了啧啧称赞一番。
谈得来说：咱还是回去吧。
两个人就回去了。
第二天，谈得来却发现那孩子被凌子春召进了后衙。
谈得来叹了口气，说了句大家都不明白的话：大善者大毒呀。

竟走了。

这小孩也真是个神童，还没有桌子高，竟然领下了稿签的一应事务。

凌子春没有子嗣，就把他当个儿。

糠箩跳进了米箩。

后来，还犯了事。

凌子春侵吞赈银的狠账，就是他做的。

朝廷，能饶得了他？

押往京城去的时候，经过青龙寺。

那几竿竹，又轻轻抖了几下。

走出一个和尚：南无阿弥陀佛，南无阿弥陀佛。

神童潸然泪下，披枷戴锁，竟也双手合十。

和尚说：你还记得我说的话么？

大善者大毒呀。

神童说：我不明白呀，我是靠我自己的能力走进清江浦衙的，为什么就不能善终呢？

因为你有一颗不同常人的心。

一开始我就看出来了，虽然你清贫，但是你很用心攻读，根本没把你当时的处境当一回事，你当时的眼里，已经是进了县衙后的样子了。

这其实是毒，可惜你没意识到，偏偏凌子春又把你的大毒当作大善，这样就让你有了现在的结果。

当时你为什么不提醒我？

没用的，那时你的眼神告诉我，我说什么都是没用的。

怨谁呀？

囚车辚辚地走了。

怨谁呀？

和尚长叹一声，扑向面前的运河。

没有人知道，连那个神童自己也不知道谈得来是他的亲爹。因为牵涉一桩命案，谈得来把神童托付给青龙寺的长老，他们已经隐伏在清江浦多年。

茶　庵

庵，就是小寺，不一定非得尼姑居住。

茶庵就是这样：一个巴掌大的小院，栽着五六株枇杷，三间小屋，中间的算是正殿，供一个泥胎，驳落得分辨不出面目，怎么也看不出是哪一尊佛。

老和尚打诳语，他说：你认为是哪一尊佛就把他当作哪一尊佛好了，心中有佛，则眼中就是佛。

想想也是，就把他当作释家如来，就把他当作文殊普贤，甚至把他当作南海观音，嘿嘿，还真的都像。

香火，自然是不熄的了。

老和尚叫无尘，小和尚叫悟尘。

有时也念几本经，小和尚念得认真，老和尚就不行了，他总是一副睡眠不足的样子，念着念着，口水就流下来了，念着念着，胖胖的脑袋就一下一下地动，点豆子似的，后来就在他的两条细腿间不动了。

睡着了。

小和尚就叹口气，看门外形形色色的人。

茶庵在清江浦最热闹的花街里，像一枚纽扣遗落在一条陋巷的深处，因为安静，就会有憋急了的人沿着石板路一溜小跑地过来，对着那几棵枇杷放出一脬清亮亮的尿来。

悟尘就念一声佛。

有时走进院子的是花花绿绿的女子，在不怎么茂密的枇杷叶子中间蹲下来，惶惶急急地露出两片白白的屁股。

悟尘就不吱声了，听到的，是无尘念的一声佛。

悟尘的白脸就红了红，悟尘说：明天您就给我剃度吧。

无尘说：等等呀，剃刀，我还没磨好呢。

无尘说：等等吧，剃度，得请个有名望的法师来呢。

就等吧，等得不耐烦了，就坐在门口看景儿。

和尚不过生日，可是佛是要过生日的。

每年的正月初七、五月初七、七月初七、九月初七，秦月楼的妓女们都要送来果品纸烛，还有施舍的银子，给佛爷做寿。

无尘念一声善哉善哉。

悟尘念一声阿弥陀佛。

惹得红绮咯咯咯咯地笑。

有一回，红绮又咯咯咯咯地在茶庵里笑。

笑过之后，外面就下起了大雨。

无尘说：阿弥陀佛，姑娘就不走了吧。

看看天，已经黑下来了；看看雨，好像还没有停下来的意思。

红绮又咯咯咯咯地笑，说我可是个女人呀，而且，是青楼里的女人，大师不怕我污了你这块净土？

没什么的，心里干净，眼里就干净，眼里一干净，就什么都干净了。

那好吧。

悟尘和无尘挤一挤，他的那厢房，给了红绮住。

悟尘不习惯和无尘挤一张床，下半夜了，还睡不着，一会儿翻一下身，一会儿，又翻一下身。

那个时候，雨已经停了，月亮像个盘子似的贴在窗户纸上。

红绮好像也睡不踏实，一会儿，就传来床铺的一声响，一会儿，又传来床铺的一声响。

你把她送回去吧。

无尘说。

怕是不方便吧?

你戴着我的斗笠吧,别人,不会认出你是个和尚的。

悟尘没接,他,还没剃度呢,其实又有什么不方便的呢?

门呀的一声开了,一会儿,又呀的一声合上了。

无尘从里面闩上门。

我一会儿还回来呢。

悟尘说。

回来再说吧。

两个人走了,没有一点儿声响。

悟尘来敲无尘的窗户,一敲,就把窗户纸上的月亮敲成了明晃晃的太阳。

无尘念了声佛。

来了个有名望的法师。

是要给悟尘剃度的。

可是法师四下里看了看,说:还是不要剃度了吧。

哦?

你们的这个庵,要败落了。

哦。

法师叹口气走了。

无尘对悟尘说:要不你走吧,反正是个走,不如趁早呀。

悟尘说:我再陪陪你。

我不需要人陪的。

那么,等过了九月初七吧,九月初七,是佛的生日。

九月初七,照样有秦月楼的妓女来送果品纸烛,还有施舍的银子。

你是新来的姑娘吧?

无尘问站在他面前的女子。

是呀是呀。

这个女子也咯咯咯咯地笑。

像红绮一样。

悟尘低低地念一声佛。

念过佛之后,悟尘说:师父呀,我得走了啊。

走吧走吧,你早该走了呀。

我还会来看您的。

悟尘只带了一床被子,就走了。

一年后,悟尘来看师父了。

可是无尘早就坐化了。

现在,这庵里住的是一个年轻的尼姑。

悟尘解下他背着的包袱。

对那个尼姑说:送给你吧。

这床被子,你盖过一晚呢。

你不会忘记了吧?

鬼　手

鬼手是个瞎子，叫商槐。

商槐读书未成大器，眼看到了娶妻生子的年龄，家里人这才慌了神，想让他好歹学一门手艺糊口。商槐说手艺倒是现成的，可惜我治国平天下的抱负，恐怕是难以实现了。

商槐读过很多关于古器物鉴赏方面的书籍，自信凭一双慧眼，谋份差使应是小菜一碟。

家人为他找了一家古玩店，叫怡雅轩。很小，只有一间门脸，意思是让他先练练，是不是真有本事三五个月就看出来了。商槐袖着手在门外看了看，缩着脖子不肯进，嫌寒碜。怡雅轩的老板本来碍于他父亲的面子，有照顾他的意思，没料到商槐不识抬举，就说：先生如有真才实学，何不到聚珍斋见见大世面？商槐拱拱手说，麻烦先生引荐一下。

怡雅轩的老板想看他的笑话，果真带他去了。到了聚珍斋门口，商槐伸头一望，道：好画呀！

聚珍斋的老板李淳风正和怡雅斋老板寒暄，见商槐是个生脸，便回头看看墙上的立轴说：我也知道这是幅好画，可惜没有题款呀。

没有题款，很难知道作者是谁，卖不出好价钱的。

商槐说：此画粗笔浓墨，略施杂彩，应是五代时徐熙的"落墨花"笔法。

这种笔法，后世模仿者颇多，然而无一人能形神俱足。此画风格清逸，野趣横生，应是徐熙真迹无疑。

怡雅斋的老板撇撇嘴说：这些话我们都会讲，关键是如何找到证据。

商槐便不言语，又看了一会儿，才指着一处污渍说：这下面隐藏有徐熙的钤印。

哦？李淳风伸过头去细细辨别，果真发现那处污渍下面有一点褚红，却不能断定是否真的是钤印。

这好办，用火烧。

烧？

对，唯有火才能焚去污渍。商槐从怀中掏出一个大腹长颈的瓶子，倒出一点红色粉末摊在画上反复揉搓，直到完全渗入污渍之中，才拍拍手说：烧吧，烧坏了，我赔。

李淳风战战兢兢地划了根火柴，就有一点靛蓝的火苗蹿出，像纸上长出的一朵花。过了一会儿，污渍褪净，果真露出一块钤印，竟是"臣徐熙印"。

商槐在聚珍轩做了二十年掌柜师傅。1923年，替李淳风收了一件彝器，断定是周代礼器，后来被天津一玩家以十倍的价钱买走。

李淳风请商槐喝酒，酒至半酣，商槐忽然说：李兄啊，我看走眼了呀，那件彝器，其实是个赝品。

李淳风一愣。

商槐说：铜器入土千年，它的颜色应是随着时间的变化而变化，午时翠润欲滴，子时稍淡。我早就知道的。

李淳风问：那你为何又收下了？

商槐说：那个人是革命党，我想帮帮他。

李淳风安慰道：纵然是赝品，不是也卖了个好价钱吗？先生不必自责了。

商槐说：我和你不同呀，你是生意人，只要能挣钱，眼中并没有真假。我就不同了，我是把它当一门学问啊，我玷污了它，我得谢罪。

竟刺瞎了一双眼睛。

从此闭门不出，偶尔有人请他鉴别古董，商槐便以手扪之。商槐说这样好，能与造物之人神交，鉴别这一行，眼睛是最没用的东西。经他这双手鉴定过的东西，竟从未出过差错，因此，有人送给他一个"鬼手"的雅号。

这一年年底，清江浦来了两个日本人，带了一只瓷瓶请商槐鉴别，釉水棕眼，沙底铁足。商槐抚摩再四，叹息道：画是真的，瓶是伪造的。

日本人不相信。

商槐说瓶上的这幅画是倪云林的山水小品不假，但不是直接绘在瓶胎上的，而是先烧制了假瓶，再在瓶身贴上画，涂上药液，使画中颜料渗透到瓶体，再涂釉烧制而成。商槐随手从床下摸出一只瓷瓶说：这种货色，我家里还有，你们看，是不是一模一样？

日本人弄不清真假，却又有些疑惑，奸笑着说：既然都是假的，留着便没有意义了。

一挥手，将两个瓶子全都打碎。

日本人走后，商槐对将他们带来的李淳风说：两个瓶子都是国宝，我是不忍心落入外人之手，才这么说的呀！

李淳风说：你好糊涂呀，纵然落入敌手，我们还能夺回来，现在成了碎瓷片，可是一点办法也没有了。

整整一个月，商槐闭门不出。

年根岁末，李淳风去拜访商槐，却发现商槐已溘然长逝。

身边，摆着两只古瓶，没有一丝裂痕。

再看，竟是被日本人毁坏的那两只。

怀念一双手

这双手起先粗粝不堪,虽然有好的形制,也不敢在人前捧个花献个茶什么的。

算命的瞎五虽然看不见这双手,说出的话却能让这双手的主人心里"咚咚"地跳:人的手足谓之四肢,以应四时,四肢不合度,犹如四时不相称。四时不相称,则万物萎蔫不生;四肢不合度,则一生贫贱困苦。

那么,什么样的手就有好的命相了呢?

其白如玉,其直如笋,其滑如藓,其软如绵。

这是女子应有的手,男人,另作别论吧。

那时,这双手的主人还没到及笄的年龄,虽然心里"咚咚"地跳,却也不知往深处想。

这双手的主人,叫宝儿,姓袁,袁宝儿。

她的父亲叫袁放轩,是清江浦的一个中医,那手段,了得。

袁放轩就笑,这个事,有法子的。

按照祖传的方,取杏仁、天花粉、红枣、猪胰子合捣成泥,入米酒四盅,在瓦罐里封实。

一月后焐成成药。

凉凉的,抹在手上,有一股淡淡的香味。

还要药浴。

这浴手的药我就不说了吧，反正我也没试过，我说了，你也不信。

我就说说这药的效果。

药浴的目的，是使手上的指骨变软变细，到最后，握起来，就像个花骨朵。

这双手，能被人这么握着，它的主人也就到了有春愁的年龄了。

握着这双手的人，叫拂林，姓虞，虞拂林。

画画的一个书生。

也写那些"阆苍仙频遇，桃源花常栽。可怜巫峡萝，无复月重来"的诗。

嘿嘿，春愁满纸吧。

这样的两个小人儿，没人的时候，还不常常握握小手？

袁放轩看见了只当没事人，他，也是从这个年龄过来的，能不懂年轻人的心思？

偷着乐呗。

你肯定看惯了才子佳人一类的小说，对，就像你想象的那样——金榜题名时，洞房花烛夜。

虞拂林，做了个在他这个年龄常做的小官。

案牍之余，还是要摸一摸袁宝儿的小手。

仍然像花骨朵一样。

我知道，如果我就这样一点波澜也没有地写下去，你肯定要将我的这篇小小说连同这本书一起扔了。

我还是写一点曲折吧——尽管你还会在心里不屑地说：什么玩意儿。

是啊，什么玩意儿。

你在电脑上敲几个字，袁宝儿的这双小白手就开始萎蔫了？

是的呀，你瞧，她的手开始萎蔫了。

我不说具体的原因了，反正，你知道我是在编故事。

好了，袁宝儿的十只手指在我们的视线中萎蔫得像折成许多截的筷子，而且，她手上的皮开始长出一层层坚硬的痂。

· 095 ·

像鳞。

袁放轩的大和堂诊所也不开了，整天就待在家里琢磨宝儿的这双手。

想了很多招，无济于事。

袁宝儿就流泪了，袁宝儿说：命呀。

袁宝儿说：命是天定的，爹你也许能治好我的手，但是你能斗得过命？

不治了不治了，虞拂林也说：爹你不要费这个神了，不治了。

她过去的那双手，已经烙在我心里了。

没事时，虞拂林还是下意识地握袁宝儿的手。

他怀念宝儿的那双手。

可是，只握住了袁宝儿两个瘦瘦的袖笼子。

她的手，缩在袖笼里。

以前，虞拂林的洗脸盆都是袁宝儿端来的。

现在，袁宝儿买了一个小婢。

让她端。

小婢手上的银镯儿碰着盆沿，叮叮地响。

虞拂林就注意了她那双手。

"好白手。"

他把它当作是宝儿的。

宝儿不知道他的想法，宝儿就笑。

宝儿说：你呀。

高高兴兴地，让这个小婢送他去县衙。

宝儿将死的时候，那个小婢早在她前头死了好多年。

宝儿说：我送你样东西吧，我死了，你也好时时记得我。

是一个暗红的锦盒。

送葬了宝儿，虞拂林打开了锦盒。

他想宝儿了。

他在锦盒里看到了一双女人的手。

早已被风干,是手的标本。

好像,是那个死了的小婢的。

虞拂林被吓死的时候,瞎五说:你看你看,做个瞎子多好,什么也看不见。

茧 扇

过去，清江浦的士大夫们用的是鹤翅扇。做这样的扇子，一般要将活的仙鹤抓来固定好形制，然后将整个翅膀割下风干。这样的扇子拿在手里，可就是轻风四散、泠然自凉了，据说，还可以辟邪呢。

大家小姐们，用的是一种茧扇。

要做这样的一把扇子，须先摘一种白葚的叶子喂养十数只蚕，等到它们的身体发亮时纳入事先准备好的银盘里，蚕就会在盘中往来组钰，丝尽而止，出其茧粘成团扇，光洁匀密，可谓神功。

大小姐赵秉的茧扇则更为特别，她给其中的一条蚕喂了朱砂。

这条蚕就吐出了红色的丝。

在她的扇面上画出一树梅花。

一次庙会时，她就拿着这把扇子溜达去了。

惊倒了一街的人。

有个道士模样的人就叹了一口气，说这样的东西，哪是凡人能轻易得到的呀。

也许会有灾的吧。

能有什么灾呀，清江浦，那可是个喜欢花钱人待的地方，什么东西，都是越讲究越好，越精致越好，挥霍得越是让人触目惊心越好。

这样的扇子，赵家可就将它当作一件宝贝了。

收在密室里，连大小姐赵秉也没有机会看到。

但是消息还是很快传出去了。

先是本家的几个太太小姐们过来，要学一学她用朱砂喂蚕的手艺。

赵秉的母亲笑眯眯地陪在旁边，一谈到关键的地方，她就接过话头儿岔到别的地方去了。

想想也是，虽然这是个解闷儿玩的手艺，可毕竟也是费了多少心思的，哪能说教给人就教给人呢？

一个拿鹤翅扇的书生来了。

说是看中了赵秉小姐。

赵秉的父亲权衡来权衡去，比较了双方的容貌，比较了双方的家财，比较了双方的家庭地位，最后，他得出了一个结论：

这个拿鹤翅扇的书生，是冲着赵秉做茧扇的手艺来的。

他关照赵秉一定要守住用朱砂喂蚕的秘密，一直到这个书生把她娶进门。

娶进门又怎么样，就是生了子，不还有被休了的可能吗？

唔，说得也是，反正，你这门手艺是不能传给任何人的。

你想想，多郁闷呀。

还不如当初不做那把茧扇呢。

孩子呀，你可千万别这样想，这是老天爷没给你和别人一样的命。

虽然没问她是怎么喂蚕儿吃朱砂的事，那个拿鹤翅扇的书生还来。

赵秉可是真的爱上他了。

可是他爱我吗？

不会是真的爱我的那个手艺吧？

书生只是笑，什么也不说。

终于结了婚。

终于生了子。

可是又能怎样呢？

那把茧扇可是一直在她陪嫁的箱子里藏着，连她自己也不敢拿出来看。

过去了许多年。

书生做了个冷官。

老死在任上。

儿子又做了官。

去被人诬陷，下进了死牢。

家里实在是拿不出像样的东西出来打点一下了。

儿媳妇想起了她的那把茧扇。

娘，就把您那把茧扇送出去吧。

唉，那可是娘的一块心病呀。

送出去也好。

送出去，娘，就不用烦心了。

赵秉拿出一把钥匙，说：你去取吧。

娘，不想看见它了。

哆哆嗦嗦地拿出来。

都被虫蛀烂了，只余下一根竹骨。

儿媳妇潸然泪下。

娘，您可要救救您儿子呀。

您可要教我朱砂喂蚕的方儿呀。

好吧，你找些蚕来，明天，我就教你。

赵秉一下子觉得轻松了。

轻松得好像一点力气也没有了。

当天夜里，赵秉拾掇得干干净净，一根麻绳，把自己吊死在梁上。

她只留给儿媳妇一纸喂蚕的方儿。

哈哈，我可不想一辈子守着这个秘密。

儿媳妇一把扯了那张方儿。

满天，都是飞飞扬扬的纸屑。

泥　佛

　　故事里的故事：泥佛要过一条河。

　　那条河水流湍急呀，又宽，宽得都望不到边呢。

　　泥佛住在河这边的庙里。很多时候，风呀呀地吹开老旧了的门，泥佛就睁开落满灰尘的眼，朝河对岸看一下，又看一下，泥佛就流泪了。他，自从被那个孤独的塑匠在河滩上塑出来，眼睛就望着河对岸，可是他又看见什么了呢？

　　看了这么些年，直看到老眼昏花了，唉，什么也没看到。

　　好在他从来不说话，别人就以为肯定是看到什么了，他之所以不说，其实，是想暗示点什么，只不过没人参得透罢了，或者，因为每个人心境的不同，参得的结果也不相同罢了。

　　风又呀呀地吹来，替他掩上了门。

　　年轻时的遐想，一不留神，又跑出来了。有好几次，让他恍然觉得那就是对岸的真实场面：没有人，只有一蓬一蓬的蒿草，一只只红眼睛的兔子跑来跑去。唉，也不知道它们为什么整天红着眼睛。

　　夏天的时候，常常有附近的人跑到河里纳凉，先是小孩子，光着个腚在浅水里扑腾。

　　没出过事，从来没出过事。

　　都说这是个管事的佛，替他们拦着河里的水鬼呢。

女人们也来了。

女人们撵走那些光屁股的小孩子，象征性地找个地方避一避，脱去那些花花绿绿的小衣裳，静静地蹲在水里。

光溜溜的身体一边吸着水里的凉气，一边剥着蚕豆呀，择着芹菜叶呀什么的，然后，扒开河边的一蓬芦苇，放到一个高坎上，大着声音喊自家的男人拎回去。

男人们来了，往往赖着不走，一心要和水里的女人们浪个够。

这个时候，没人注意庙里的佛。

佛这时是笑着的。他认为，这就是俗世的生活呀。

俗世的生活，也该有俗世的快乐。

男人们是晚上来泡澡。

劳累了一天，在水里一泡，身体里的乏，就被河水吸走了。

一边泡着澡，嘴里还谈着点什么。

谈寡妇潘思凡。

都以为寡妇潘思凡是淹死了的。

潘思凡四十多岁了，她的绣了鸳鸯戏水的粉红色肚兜儿，几天前就挂在一棵低矮的芦苇上，风一吹，那两只鸳鸯一漾一漾地，好像，正一点一点地往河里游。

没有人埋怨泥佛，但泥佛觉得很惭愧，受一方香火，他没保得一方平安啊。但泥佛知道，那个潘思凡，是在一个夜晚跟一个男人走的。

那个男人先是砍了几棵树做成一张筏。

也不知和潘思凡（一提到这个名字，泥佛就有些不耐烦：你又不是天上的仙姑，思什么凡呀）在芦苇丛中做了些什么，最后，他们上了木筏，向对岸去了。

泥佛认识那个男人，就是塑他的那个塑匠呀。

河对岸有什么呀？

难道不是一蓬蓬蒿草？难道没有一只只红眼睛的兔子满地乱跑？

——难道，是一个幸福的所在？

泥佛打定主意，要去验证一下。

风又呀呀地推开门。

泥佛抖落满身尘埃，走了出来。

他要涉水过河。

他度得了别人，难道度不了自己？

他摆平了自己的心态，他要像一个凡人一样涉水过去。

他踩着脚下的淤泥，软软的，让他想起俗世的那些馒头。

一会儿，凉凉的水就漫过他的头顶。

他叹了口气，毕竟自己不是俗世的人呀，要不，怎么不需要呼吸呢？

他又叹了口气，因为不是俗世里的人，他的身子已经被水泡得发软，可能，那些鱼儿误把他当作俗世的馒头了，一会儿，来啄一下，一会儿，又来啄一下。他真想在水底躺下来，水底安安静静，除了提防那些馋嘴的鱼儿，别的，什么也不要想。

若干天后，他像一个心事重重的人一样坐在对岸的石码头上。

他的灵魂已经从泥胎里飞升，由风带着在大街小巷转悠。

河对岸，也是个俗世呀。

他不知道他的泥身已经被人们发现。

哪来的泥巴呀？人们站在石码头上议论纷纷。

人群中站着塑匠和他的女人潘思凡。

让我们把它塑成一尊佛吧！

佛？佛是什么呀？

佛就是人的希望。潘思凡拎着个菜篮子微笑着说。

那时，塑匠已经开始整理这坨泥了。

碾玉的

讲究的玉工都喜欢说自己就是个碾玉的。

碾玉，那可是个不容易的活计：刀，要选上等的菊花钢锻造，阔五分，厚三分，刀口，还得自己手磨。

谛视良久，方敢以刀凑石，纯用腕力，一边刻，一边在旁边置一砺石，时时磨刀，使其尖利。如果一刀不入，最多再镌一刀，如果再无玉屑泛起，则再好的玉在他这里也成废玉了。

可别糟蹋了这块玉呀，赶紧，送给比自己手艺好的碾玉师傅吧。

也有人不这样做，他们有一种秘术，先把玉石锯成毛坯，然后放入一种药液里浸泡，一般要数天吧。这样，玉材就会像豆腐一样松软了，你想想，在这样的玉材上走刀镂刻，那还不是随心所欲？

做成的活儿，再放入木贼草汁里煮，好了，玉石又可以还原成先前的硬度了。

韩玉汝看不上这样的方法，因为他认定自己就是个碾玉的——一个碾玉的师傅，是不屑用这样的手段谋生的。

而且，他认为用这样的方式去对付一块玉，那是对玉的亵渎，会让玉失去灵性。

玉，是有灵性的呀，如果没有灵性，就成石头了。

眼中有玉，心中有玉，手中，才能有玉。

发现一块玉，韩玉汝总是先放在手中把玩，直到闭上眼也能分得清它的脉络了，好了，养玉的这道工序，算是完成了。

眼前，才有个玉雕成后的轮廓。

第二步，育玉。

育玉，可就不简单了。

接韩玉汝的说法，得让玉和人产生默契，让玉对人有信心，知道人是为它好，想让它以最好的方式存在这世上。

反过来，碾玉的人，也要让玉传递给他自己的质地和脾性，知道哪儿可以下刀，哪儿不可以下刀，哪儿可以冲，哪儿可以切，哪儿可以镟，哪儿可以刳。人玉合一了。

接下来，才能植玉。

植玉，就是碾玉。

这些，都是师傅教给他的。

几十年了，无一不爽。

有人送来两块玉。

各长一尺五寸。

是两块奇玉，有香味，很远的地方都闻得着。

以手拂之，香味更加浓郁。

一圆一方，光彩凝冷。

韩玉汝说：此乃一龙玉一虎玉，圆者为龙所宝，生于水中，若投于水，必有虹霓出现；方者为虎所宝，生于岩谷山林，击之当有虎啸之声。

那么，就请您把它们碾成盘螭和辟邪吧。

韩玉汝说：我试试吧。这样的玉，你给别人碾，我还不放心呢。

养玉。

育玉。

可是，一拿起刀，他的手就嗦嗦地抖。

眼中有其形，心中有其影。

一拿起刀，就像要往自己身上冲、切、镟、刳。

这样也没错。

错的，是自己每次都有一种愉悦的感觉，不像现在，刀一握在手中，浑身就旮旮晃晃地疼。

看来，还是自己道行不够。

韩玉汝决定去找师傅。

师傅好多年不做碾玉的手艺了。

师傅说：此乃一龙玉一虎玉，圆者为龙所宝，生于水中，若投于水，必有虹霓出现；方者为虎所宝，生于岩谷山林，击之当有虎啸之声。

那么，就请您把它们碾成盘螭和辟邪吧。

你为什么不自己试试？

我？

我……

我没有信心呀。

你连自己都不相信，怎么可以相信我呢？

连自己都不相信，不配相信别人。

那两块玉，被师傅扔在地上。

各碎了好大的一截。

韩玉汝捡起来一看，正好是盘螭和辟邪的毛坯。

韩玉汝哈哈大笑，回来后将这两块玉碾成成品。

成为绝品。

从此不再碾玉。

盘　玉

程禹山这个人，喜欢玩玉。

钵池山的人，把玉分为两种：死玉，活玉。

这两种玉，都是从地下的坟墓里掘得的——钵池山，四周都是平原，风水先生说这叫飞龙升天，是葬祖坟的好地方，所以，达官贵人们的坟墓多着呢。

钵池山这个地方的人，喜欢用水银给死去的人殓尸，时间长了，水银就浸入陪葬的玉里去了。

用浓灰水加乌梅同煮，冷却后放入玉器。如果是新玉，这种水就会从玉的纹理间钻进去，将里面的水银撵出来。

撵不出来的，就是老玉。

这种老玉，才值得盘。

盘玉，那可不是一天两天的工夫。你想呀，那水银已经干老色滞，参差错落，要让它凝结成块，甚至明晃鲜活，能在玉内缓缓蠕动，那还不得盘个几十年呀？盘不出的，就是死玉，外面只有一层包浆。

程家的一枚角实玉，是秦代陕西的玉器作坊里出的货，经过几代人的盘弄，里面的水银，就凝成了一个豆大的鸲鹆眼。造型是一个三寸长的宫女，捧着一个酒壶，那个鸲鹆眼一开始在酒壶里，在手里盘弄久了，那鸲鹆眼得了人的活气，就开始慢慢地移动，移到宫女的头上，她的脸就开始一点一点变红，好像喝醉了似的。

这样的玉，程家人可是盘了好几代才活过来的呀。

在钵池山，这样的活玉还曾经有过一枚，是一只蟾蜍，肚子里是镂空了的，身上有几十个鸲鹆眼，盘活了，那些鸲鹆眼就四下里散开，不见了。这时，如果你把它移到香炉前，据说，能吞下一炉香呢。

可惜的是，这块玉现在早死了。

在一个叫雪蝉的人手里。

那个雪蝉，他的祖辈在明朝的皇宫里做过玉工，明亡后，就偷了这件玉器来到钵池山。到了雪蝉父亲那一代，那玉蟾蜍就死了。

那时，他们家早已成了破落户，连张嘴都糊不住，哪有心思天天在手里盘玉呀？

程禹山来了。程禹山站在雪蝉那间蜗牛壳一样的小屋前，管家程门一声喊，雪蝉就哆嗦着出来了。

你们家，果真有一个玉蟾蜍？程门昂着个头，看着钵池山上的青枝绿叶。有的有的，那可是我们家的祖传呀，是从皇宫里带出来的呢。雪蝉低着个脑袋，一下子发现自己的鞋子居然钻出两只脚趾头，他不好意思地缩回去一只。想要，您就给个五百块袁大头吧。

程禹山轻轻地咳一声，程门就拿出一个褡裢，轻轻松松地扔在雪蝉的脚前，鼻孔里哼了一下：就你那坨死玉，也叫得起这个价？

这些钱先拿去用吧，把自己扮个爷，好好地把那只玉蟾蜍盘活吧。

君子比德如玉，盘玉，那可得先养"气"，养足了"气"，盘玉时才能心无杂念，才能将身体里的"气"带到玉里去。

有了程禹山的资助，雪蝉，活得可就真的像个爷了。

这个时候，雪蝉给程禹山递话：他，准备盘玉了。

别急，你还不是个真正的爷，你身上的"气"还没有侵入骨髓。这个时候盘玉，就是盘活了，又能盘出怎样的气？

又给了一些钱。

好好地弄个营生，养足了气，再给我盘玉吧。

有了钱，营生是好找的，没费什么周折，居然进了县政府的警察局。

一晃，几年过去了。

做了警察局的局长。

那只玉蟾蜍，早被他盘活了。

带了一队人，雪蝉浩浩荡荡地去了钵池山。

哪里还把个程门放在眼里呀，程门要去阻拦，早有警卫冲上去给了他一个大嘴巴。

程禹山，这时正在三太太房里睡觉呢。

一行人，咋咋呼呼地进去了。

雪蝉的一个警卫，恭恭敬敬地托着一个锦盒。

这可是我们局长的传家宝啊。警卫说，警卫并没有交给他程禹山的意思。哦，就是那只玉蟾蜍？程禹山有点心不在焉，他坐起身有一口没一口地吸着程门递来的水烟。

雪蝉一下子有了打开锦盒让程禹山见识一下的欲望。

打开锦盒，果然是那只玉蟾蜍。

屋里漫着绿莹莹的光。

哎哟，真是个好玩意儿。

听说，它肚子里能吸进去烟？

是的呀，以前，我的祖父常用印度的檀香喂它。

那样名贵的香，才配得了这么名贵的玩意儿。

没事没事，不就是一个玩意儿嘛，我就是吐一口烟雾来，它还敢不吸？程禹山漫不经心地吐出一口浓浓的烟。

想拦，已经晚了。

那只玉蟾蜍吸进了烟雾，身体就开始发黑，一会儿，啪的一声，居然裂开来了。

雪蝉气得浑身冒火，他这次来，只是想让程禹山见识一下这只玉蟾蜍，并没有送给他的打算，想不到他居然敢这么轻慢它。

好玩儿。程禹山说。

看茶吧。程禹山招呼程门说。

看茶，就是送客的意思。

回到警察局，就有人给他出主意，想找程禹山在城里几家店铺的茬儿。

很快就找到了，还把他程禹山拘了来，关进警察局的大牢里。

快给他赔个罪吧，别惹恼了他，县长给雪蝉打电话。

你想想呀，你家那几百年的古玉，他程禹山想盘活就盘活，想盘死就盘死了。

他要是想盘你了，你想想会怎样？

他一个程禹山，不就是手里有点钱嘛，背后，可是没有人给他撑腰的呀。

有的，给他撑腰的就是他们家几辈子盘玉时养成的那股气，有那样的气，再大的官他也不放在眼里，再大的官，也不敢不把他放在眼里。

潜 伏

政委说：老丁呀，你入党吧，我们需要你这样的人才呢。

老丁总是笑，老丁说：我哪有资格呀，我以前，跟国民党干过呢，这个，你们是知道的呀。

那个时候刚解放，有很多没撤走的国民党分子潜伏在人群中。老丁，就破译过好几个台湾发过来的情报。这些情报，是政委实在破译不了，这才让老丁帮忙的。

资料上说，老丁过去曾在国民党的情报机关任过职，是保洁员。老丁是识字的，偏偏就对那些有字的废纸感兴趣，横琢磨竖琢磨，就琢磨出了道道儿，老丁那时不敢说——说出去，可是要杀头的呀。

解放时，老丁认识的那些国民党全都跑到台湾去了，老丁的级别不够，就和那些没用的情报一起被扔了下来。

好在解放军也没有为难他。那天，老丁像往常一样去情报所上班，直到看见了一屋子人，才发觉他们的制服不一样，想退回来，已经来不及了。

被政委留了下来。

还做保洁员。

情报所只有政委抽烟。

政委抽烟时，就扔给老丁一根。

老丁就接了。

情报所有个小丫头，刚怀孕，一闻到烟味，反应就来了，一口一口地吐酸水。政委的烟刚吸了一小半，就拉着老丁去了老丁的宿舍。

去多了，两个人就成了朋友。

政委这人大大咧咧的，有些他认为不算机密的机密，就对老丁说了。

老丁就帮着破译了好几个台湾发来的密电码。

政委也曾怀疑老丁是国民党潜伏下来的特务，可查来查去，老丁就那么点情况。老丁也不避讳，该说的，早说了。

就不查了。

还到老丁那里抽烟。

有难译的密电码，还找老丁。

老丁人长得猥猥琐琐，平时，一碾子也轧不出个屁来——政委纠正说即使轧出来了，准保也没个声响——可是一看到那些密电码，两眼就呼呼地放光。就这样，不管什么样的密电码，到他这里，都得现原形。

老丁差不多忘了自己是谁。

潜伏在小城里的特务，被一个一个地揪了出来。

在政委的举荐下，老丁，成了功臣。

政委要老丁入党，方法也和别人不一样，是连哄带吓的。

政委说：如果你入了党，说明你是弃暗投明，以前的账，可以一笔勾销，我不提，没人敢提。如果你坚持不入党，说明你的灵魂深处还抱着国民党反攻大陆的幻想，那样，你连和我做朋友的资格也没有了。

是要严惩你的。

老丁破译电码的手指就不灵活了，在译码表上哆哆嗦嗦。

最后，扑通一声跪了下来。

老丁说：我天天在国民党的情报所，我见过他们处罚共产党人的手段，太惨了。我是被吓怕了呀。

扶起来，老丁的旧棉裤就滴滴答答地有了黄浊的尿液。

政委叹了口气，老丁，是个老实人啦。

给他找个伴儿吧。

是政委在乡下的一个嫂子，男人被国民党杀死了。

恨透了国民党，要不是政委压着，哪会嫁给他老丁呀？

政委的嫂子是个碎嘴子，没事，就爱骂国民党。

一骂，老丁就待不住了。

就找个借口，到情报所去了。

老丁过去爱喝酒，喝醉了，就把自己关在屋里呜呜地哭。

这下，连酒也不敢喝了。

怕挨骂吧。

就这样，过了许多年。

最后一次，破译了一个密电码。

抓获了一大批人。

有人供述说还有一个人，潜伏多年了，一直没联系上。

叫丁立本。

是谁呀？

查。

早死了。是在国民党的一份报纸上发现的，说丁立本原是国民党情报所的一名高级情报破译员，在一次外出途中被共产党地方游击队员杀死了。

可是共产党方面的资料上却没有这个记录。

可能，国民党的报纸上提供的是假消息。

那个人供述说丁立本就是老丁。现在叫丁力。

老丁就急白了脸。

老丁说你们可以查，但不能冤枉我呀。

就查老丁吧，怎么查，也查不出老丁就是丁立本的证明。

只好不了了之。

一年后，老丁竟疯了。

政委就来了。

来找老丁抽烟。

老丁抽了会儿烟，就流泪了。

老丁说：丁立本就是我呀。

老丁说：这么些年我都憋在心里，我是实在受不了了呀。

政委吓了一跳，老丁安慰他说：你别怕呀，这么些年我不也没干什么嘛。我潜伏在这里，我知道他们要委派任务给我的，可是一直没人和我联系，甚至，连一个密电码也没发给我，你说，我能不疯吗？

走是走不了的，就被关了起来。

那些天，老丁竟很快乐，还唱了几首国民党军队当年的军歌。

然后，就死了。

好像是无疾而终。

死时，仍是一脸快乐的样子。

痰　狗

老大臣杨鼎锲颤巍巍上得朝来，刚呈上奏折，喉咙里就开始一阵阵地涌痰。皇上就叹一口气，皇上说：爱卿八十有五了吧？

杨鼎锲说：是，臣是荷月生的，虚岁八十五。

说着，一口绿莹莹的老痰从口中涌出。杨鼎锲不慌不忙地从袖子里拽出一方手绢，将那口痰吐到手绢上，复又纳入袖中。

皇上就说：爱卿一生操劳国事，如今年事已高，也该颐养天年了。

散朝后杨鼎锲一个人闷在朝房里喝茶，心里回味着皇上刚才的话。是啊，姜子牙八十始遇文王，自己是该知足了。可他确实又有些不放心，似乎他一转身，天下就会大乱了——不过这天下又是他杨家的么？

杨鼎锲也想过归隐山林，他甚至学会了一手不错的围棋，棋风圆熟儒雅，着子极为随意，却处处暗藏杀机。没事的时候，杨鼎锲就坐在家里写一本棋谱，庭中枣花簌簌，杨鼎锲漫吟道：

夫兵家之法，犹弈旨医经。而史氏所载，则棋之势、药之经也，药不必执方，而妙于处方者必效；棋不必拘势，而妙子用势者必赢。

这些话，他一定也跟皇上说过，但他总怀疑自己是否真的说了，或者皇上是否真的听进去了，所以老大臣杨鼎锲又说了一遍。

这个时候，正和皇上下着棋。

皇上就皱了眉，皇上说：爱卿这话自是至理名言，但已讲过多次了呀。

皇上又说：爱卿八十有五了吧。

杨鼎锲又一咳一咳地想吐痰。

皇上看见一团绿莹莹的东西在杨鼎锲的嘴边涌动，就说你吐到地上吧。杨鼎锲摇摇头，噗地一口吐到自己的袖笼里。

袖笼里，就有了响动，传来猖猖的声音。

就看见一个毛茸茸的东西在袖笼里蠕蠕地动。

我这是痰狗呢。

杨鼎锲说。

杨鼎锲从袖中捧出那狗，只有巴掌大小，憨态可掬，煞是好玩儿。

这是江湖术士教的方子。

哦？

在出生之初即以桐油拌饭饲之，日久天长，身体不长，极喜食痰。

这样呀。皇上很感兴趣，却不摸那狗。

杨鼎锲九十岁时，皇上给他备了份很厚的礼。皇上说：爱卿一生为国操劳，朕深为感动呀，今后宫中有事，少不了要去讨教的。

皇上那意思，可能是劝杨鼎锲告老还乡了。

杨鼎锲却没听出皇上那话里面的意思，或者，他也听出来了，可是，心中有点想法，就说，臣一生劳碌命，怕享不了那福呀。

皇上就有些不高兴了，想说什么，最终，却什么也没说，摇摇头，回宫了。一个耄耋之年的人，还能干什么呀？

就叫另一个年轻的大臣来劝。

年轻的大臣过去是杨鼎锲的学生，他说：老师呀，您这一辈子都耗在朝廷了呀，您就不想歇会儿？

杨鼎锲说：想。

杨鼎锲又说：可是，回去后我又能干什么呢？我的毕生所学，莫过于官场权谋——我是怕皇上不放心，回去不到数年会落个谋逆的罪名呀。

说到这话，年轻的大臣就不好接茬儿了。

想想，这些年，解甲归田的老臣不算少，可真正过上安稳日子的，有吗？

年轻的大臣就劝皇上，说杨鼎锲的目的也就是图个热闹，别的，他什么也不图的。

皇上就叹口气，说：由他吧。

就由他。

这一年，皇上出宫狩猎时射杀了一头鹿。皇上命人取血煎肠，这种吃法，谓之热洛河，可以养生长寿的。

皇上吃了，第三天仍觉余味无穷。

便问，那热洛河，还有？

有，可是……

赶紧，给杨鼎锲送一碗去——他一个老臣，这么大年纪还惦记着朝中大事，不能让他寒心啦。

半路上，送热洛河的太监就听说杨鼎锲已经死了，没病没灾，是老死的。

那碗热洛河，就摆放到杨鼎锲遗体旁边。

不想那瘀狗从杨鼎锲的袖笼里钻出，一口，就衔了一截鹿肠。

家人哪里拦得住？

那狗吃了鹿肠，竟死了。

皇上震怒了，这热洛河，敢情被人下了毒！

查不出个眉目，只得杀了掌勺的厨师。

安葬了杨鼎锲，年轻的大臣顺便又到厨师的坟前看看。

厨师的坟前很冷落，年轻的大臣叹口气说：哪能怪你呢？这么热的天，那鹿肠又隔了两天，还能吃？

戏衣谢

我一开始以为做戏衣就是模仿古人的服饰，只要有一点历史知识和缝纫手艺就行，费不了多大事的。

认识戏衣谢之后，我才知道不是这回事，里面的学问深着呢。

戏衣，那是唱戏人的行头呀，虽有定制，却不拘泥朝代，纯按舞台人物的分类及品行性格，所以，忠奸丑美，内行人不屑从脸谱上辨别（那是小儿科），戏衣上，可是写得明明白白的呢。

举个例子吧。

戏衣谢为梅兰芳设计过一套虞姬的服饰：斗篷两面，一面是公鸡花卉图案，寓意夜尽天明；另一面绣的是鸳鸯芦苇，象征爱情的忠贞。而虞姬的鱼鳞甲则把传统的大靠改为云肩和下甲，这样，就避免了沉闷臃繁，平添了几分灵动和飒爽。

而且，你想想，这样，是不是烘托了《霸王别姬》里的悲壮气氛呢？

裙裾的底摆，则绣了梅字底，将宽边改为窄边。

梅兰芳很喜欢这套行头，将它当作梅派的经典。

他还为周信芳设计过一套戏衣。

那是一出《抗婚记》，周信芳演旦角——那可是个细腰美人呀。周信芳是个大胖子，个子又极高，试了很多戏衣，都不合适。

有人就想到戏衣谢。

戏衣谢说：我试试吧。

也不用量周信芳的身材，当晚，就赶出来了。

管事的拿过来一看，是一件肥肥大大的衣裳，而且，比其他人做的戏衣还大。

这，怎么穿呀！

穿上身，怎么看怎么别扭。

没事没事，挺好。

戏衣谢拍拍手。

周信芳是什么人呀？"麒麟童"呀，大腕呀。

他以为戏衣谢是在戏弄他，气哼哼地扔下戏衣谢拿来的戏衣，一抬腿，就要上台了。

看不起我的手艺？

戏衣谢三步两步赶上去，在周信芳一只脚就要跨上戏台的当儿，哗，撕了他的衣裳。

周信芳气得哇呀呀乱叫，可这时，嘿嘿，戏衣谢早已扬长而去。

没有办法，他只好胡乱套上戏衣谢为他做的那件。

一会儿，就入了戏，那身衣服，好像也没有刚才那般别扭了，而且，竟然风度翩翩，仪态万千呢。

观众哗哗地鼓掌，说这个麒麟童真是了不得，为了演好一个反串的角色，短短的几天时间，竟减了几十斤体重。

莫非这个戏衣谢是个神？

其实也简单：戏衣谢只是将衣服的尺寸稍稍放大，使它不紧贴在身上，造成身材瘦削的错觉，然后，又将戏衣上的图案做了明暗处理，嘿嘿，要的效果就出来了。

直到2006年底，戏衣谢才从江南美术设计院退休。

单位准备搞一出戏，算是欢送戏衣谢吧。

排的是一出大戏，大大小小，有三十多个人物。

戏衣，都是戏衣谢平时设计的。

找来找去，少了戏衣谢的一身行头。

戏衣谢笑笑，拿了一块白粉，卷了一块湘绸，就进了工作室。

这可是戏衣谢的关门之作呀，会是什么样子的呢？

戏衣谢的关门弟子把着门，他心里清楚师傅是不会再保留什么绝活的了，但是在这时替师傅留一点秘密，其实就是让师傅的戏衣生涯留下一个永远解不开的谜。

在世世代代人的口中盛传不衰。

一小时过去了……

两小时过去了……

三小时过去了……

天，都黑了。

屋里的灯却没开。

会不会是出事了？

喊戏衣谢，也没人应。

一院子人乱哄哄地推开门。

案桌上，摆着一件做好的戏衣。

前襟上绣了一条龙，从不同的方向看，那龙就表现出不同的形态：坐、散、游、团、立、卧、平、卷。

蟒袍呀！

蟒袍，在戏衣中是最见功力，可是，这样的蟒袍却是连听说都没听说呀。快找戏衣谢吧，让他穿上这件蟒袍，跟大家合个影。

戏衣谢躺在案桌底下，嘴边，竟是没来得及擦去的一摊血。

死了。

这件蟒袍，就让他穿走吧。

徒弟给他净了身，拿来那件蟒袍。

可是，却怎么也不合他的身。

莲花寺

那刀也忒快了。

就像一只饿疯了的羊，在小和尚的脑袋上刷刷地啃，几下，小和尚的头发就被啃光了。

老和尚捋干净刀，对着佛祖的塑像将它举过眉。

好了，剃度的仪式结束了。

老和尚叹一口气。

结束了吗？

小和尚叹一口气。

莲花寺很小，小得，就像一枚纽扣，小得，只能容下一老一小两个和尚。

一个胖葫芦头，一个瘦葫芦头。

两个葫芦头坐在门槛上，不说话，目光，躲躲闪闪地往河对岸看。

能看见什么哟？

说会子话吧。

胖葫芦头说：师父呀，你是什么时候到这庙里来的呀？

瘦葫芦头愣了半天，叹口气说：记不得了呀，真的记不得了呀。

胖葫芦头说了声哦，然后也叹了口气：师父也是半路出家的吧？

嗯。

可有未了的尘缘？

老和尚又愣了一下，瘦瘦的脑袋在有些黑意的暮色中格外地白。

我不记得了呀，我真的不记得了呀。

哦。

你呢，剃了发，该有的尘缘真的都放下了？

小和尚不吱声，胖胖的脑袋在有些黑意的暮色中格外地白。

念会子佛吧，一念，不想放下的也就放下了。

阿弥陀佛，阿弥陀佛，阿弥陀佛……

两个葫芦似的脑袋在佛号声中有节奏地晃，一晃，天就黑透了。

河面不是很宽，水，也不是很深，老和尚却从不愿到对岸去。

也不让小和尚去。

小和尚憋了好些天，终于小声地问师父：对岸，为什么就不能去呢？那里，肯定也有尘缘未了的人等着我们去点化呢。

老和尚叹了口气，说：想去你就去吧。

小和尚到对岸去了。

他在对岸的码头回转身，看了看那枚纽扣似的莲花寺，觉得更像一枚纽扣了。

师傅的那个白白的瘦脑袋可是一点也看不见的了。

阿弥陀佛，阿弥陀佛，阿弥陀佛。

对岸，有什么好的呢？

回来时，老和尚问。

小和尚就流泪了：师傅呀，我再也不去了呀。

为什么呢？

不为什么。

老和尚说：那你还是去吧。

尘缘未了，是做不好和尚的。

尘缘了了，也是做不了好和尚的。

这么说，我真的还得去？

· 122 ·

去吧。

老和尚瘦瘦的脑袋在暮霭中晃。

再去,小和尚就抱回来一个清水绸的包袱卷儿。

老和尚就叹口气。

老和尚只是轻轻地叹一口气,并没有说什么。

他,能说什么呢?

小和尚又出去了。

老和尚一躺下,小和尚就抱了那个清水绸的包袱,轻轻地从外面带上门。

老和尚说话了,老和尚说:门,就别关了吧。

夜风很大哩。

夜色中,小和尚的脸红了红。

开着吧,空门不用关,关,也是关不住的。

小和尚愣了一下,就发出呀的一声。

老和尚愣了一下,盘腿坐了起来。

第二天,老和尚正坐在蒲团上念佛,有人进来了。

说小和尚死了。

落水淹死的。

老和尚哦了一声,嘴里喃喃地念:阿弥陀佛,阿弥陀佛,阿弥陀佛……

小和尚的尸首被捞了上来,撂在对岸的石码头上。

老和尚来了,看见了他怀里的清水绸包袱。

这个包袱里,会有什么呢?

一个绣了莲花的肚兜。

莲花下,好像是准备再绣一对鸳鸯的,你看,下面空白的地方已经有了一只粉色的鸳鸯脑袋。

可是老和尚不看,老和尚把那只包袱收了起来。

埋葬了小和尚的时候,有人来找老和尚要包袱了。

夜很深，看不清来人的脸，好在老和尚也不想看清她的脸。

我是替我的徒弟来讨那个包袱的。

哦。

我还想要回一件属于我的东西。

哦？

这么多年了，我想它也没有必要留在这世上了。

老和尚又愣了一下，嘴里开始喃喃地念佛。

对岸的水月庵在下半夜的大火中化为灰烬。

老和尚第二天赶到时，看见唯一的小尼姑携了一个清水绸的包袱正坐在船头顺水而下。

已经走得很远了，老和尚看不清她的脸。

还有一个老尼姑，她已经在这场大火中圆寂了，没找到她的尸体，小尼姑只好给她造了一个衣冠冢。

老和尚双手合拢，嘴里阿弥陀佛、阿弥陀佛地念。

手心里，是他珍藏了多年的一枚玉佩。

一枚鸳鸯玉佩。

徐白菜

心中常念此物，则百姓面无此色。

徐白菜，就爱画个白菜，有人来求画，他就捺笔伸纸，一枝瘦瘦的狼毫，弯过来绕过去，画的，都是些白菜。

他是山阳县的县太爷，又是数得着的画家，润笔，自然是很高的。

黄的金子，白的银子，哗哗哗地放满了一桌子。

这么多呀？

那画上可是只有一棵白菜，哪值这么多钱呀？

那么，我再给你写几个字吧！

就写了几个字：心中常念此物，则百姓面无此色。

摆摆手，让人拿走。

普通百姓，他可就没心思给他们画白菜了。

他的衙后有一块菜地，这些百姓来求画，他就拿把锄头。

跟我种白菜去吧，临走，送你几棵。

就这样的一个人。

一开始没得罪谁。

后来也不知得罪了谁。

一下子被罢了官。

这个时候，嘿嘿，他也没心思种白菜了。

在通衢大道边摆起了画画的摊儿。

画得再好，也不就是棵白菜么？

普通百姓是不需要买的，他们的田里，多得吃不了。

不普通的百姓，嘿嘿，他们的褡裢里有钱，可是也不愿意把一棵白菜挂在家里了。

徐白菜，日子过得就有些凄惶。

黄河发大水了，不知淹没了多少良田和房舍。

徐白菜，拣个没有水的地方仍旧安安心心地画他的白菜。

谁来买哟，甚至，连看一眼的心事都没有。

一笔弯过来，一笔绕过去。

山阳县的一个盐商看见了。

哪里是画的白菜呀，分明是治理黄河的《泄洪图》呀。

拿给了新到任的县太爷。

可是要付诸实施，得花很多银子的呀。

徐白菜招招手，一直跟着他的老仆走过来，献上一个布褡裢。

里面，是他半生画画所得的润笔。

新任的县太爷撇撇嘴，这点银子，扔到黄河里可是一点浪花也不会翻起来的。

这个盐商，过去可是买过很多徐白菜画的白菜呀。

可是徐白菜在任上没替他办过一件事。

这可是个不得了的盐商，他哼一声，山阳县也许不会地震，可是管辖山阳县的淮安府肯定会地震的。

他哼一声，淮安府尹就找个借口让徐白菜到街头去画白菜了。

现在，他正坐在山阳县令的旁边。

他说话了。

他问山阳县令：你就说说得花多少银子吧。

山阳县令壮着胆子报了一个数。

就这么点呀？盐商都笑死了。

他对徐白菜说：我很喜欢你画的白菜，你就画吧，你画一棵，我给你十两银子。

盐商拍拍屁股走了。

画吧。

徐白菜招呼老仆拿来纸和笔。

一笔弯过来，一笔绕过去。

不吃不喝，画得很认真。

一开始是用墨画的。

后来开始一口一口地吐血。

画画时，就用笔蘸着自己吐出的血。

实在画不动了，徐白菜闭上眼，吩咐老仆把这些画送给盐商。

一棵一棵，他记得可是很清楚。

足够了。

他说。

可是那个盐商，他不会赖账吧。

不会的，他不敢。

因为天下的百姓都依赖白菜充饥，就是我现在死了，他们也会为我讨这笔账的。

叹一口气，果然就死了。

有了钱，黄河果然被治理好了。

和珅代表皇帝来发嘉奖令了。

就听说了徐白菜的事。

哦？这可是个好官，他的遗作，我得好好瞻仰瞻仰。

徐白菜画的白菜，后来那个盐商一幅也没要，都被老百姓好好地收藏起来了。

很轻易地就讨来一幅。

呼啦啦展开，纸上，可是什么也没有。

再找一幅来。

这回，山阳县令可是很小心，他自己先展开看看，唔，一笔一画，落墨很重。

您看吧。

和珅伸过头来，咦，又什么也没有了。

唉，我和珅不怕天不怕地，现在，却是怕了这些没有墨迹的画了。

赶紧回去吧。

回去，和珅就被嘉庆皇帝杀了。

临死，他的手里还拿着徐白菜那幅没有一丝墨迹的画。

烟　绝

在清江浦，牛行街绝对是下九流待的地方。

董九，就居住在这里。

与牛马同居，可不就是他这样的人么？

董九嗜烟，家道没败落的时候，喜欢抽鸦片，偌大的家产和他的人一样日渐羸瘦下去。那时，董九的身边已经没有亲人了，董九就自己叹口气，说这鸦片还真吸不得呀。

竟真不吸了。

改抽洋烟了。

骆驼牌是吸不起的，就抽三炮台什么的，这些烟，一般人也是吸不起的——一包烟，往往就是一顿饭钱呀。

董九吃不吃饭好像并不介意，这烟，不抽可就不行了。常常是想点办法糊弄一下肚子，哄得它不叫唤了，然后，一本正经地踱进纸烟店里，也不说话，在口袋里掏一会儿，就摸出几个丁零作响的铜板，往柜台上一放，又是丁零一声，一包三炮台，就进了他的手。

这个时候，往往是他已经断了几天烟了，你想，他能不先抽一支么？

就拆开来点上一支。

淡蓝的烟雾，就袅袅地从他嘴里冒出来，一屋子，顿时就有了温暖的气息。

临走，对纸烟店的老板说：这一屋子的烟雾，都是我花了钱买的，我可以再收回去么？

当然是可以的，董九就张开嘴做深呼吸状，满屋子的烟，果然又被他全吸进肚子里去了。

一支烟，被他来来回回地吞进吐出，起码，可以管半天吧。

烟，被他看得比命还金贵。

你想想，别人，能讨到半支么？

知道讨不到，也有人向他讨，往往是先给他一支劣质烟，待他吸完了，就说：哎呀，董九啊，听说你买了一包三炮台？那可是好烟哟，长这么大，我还没吸过哩。

董九的脸上就挂不住了，嘴里嘘嘘地不知说什么，后来，还是忍着痛掏出来，给了那人一支。

此后，再不吸别人半支烟。

好不容易有人请了他一回。

董九问：可是叫我去吃饭？

是他父亲的一个故人，请他，自然是诚心诚意的。

这个人知道董九的脾气，就说：是请你吃饭——不给你烟抽的。

当真不给烟抽？

当真。

董九就笑，说：咱可是有言在先呀，你给我烟抽，我也不会用三炮台回请你的喔。

就是这样的一个人。

饭，还是去吃了。

而且，喝得酩酊大醉。

这个时候给他烟，竟也照抽。

那时，是夏天，满屋的蚊子嗡嗡地飞。

董九说：哪这么多的蚊子呢？

董九说：我想法子给你治一治。

一支烟，就被董九一口气全吸进肚子里去了。

再有蚊子飞来时，董九就半醒半醉地坐定，俄顷，肚子一瘪，从牙缝里射出一道烟雾，细如发丝，疾如闪电，远处的蚊子就噗的一声掉到地下来了。

这功夫，了得。

也不知道他是怎么练出来的。

日本人在清江浦屠城的时候，董九正在城隍庙里睡觉呢。

董九身后神龛里，躲着一个姑娘。

是个花姑娘。

长得，很有些姿色。

这么一个花姑娘，哪能让董九睡得安生呀？

董九就翻来覆去地烙烧饼。

董九知道，自己，一定是烟瘾又犯了。

纸烟店，哪家还不关门哟？

过一会儿，日本人来了。

找花姑娘的。

这个花姑娘，居然是个女新四军！

问董九。

董九说：你们，能不能先给我支烟抽抽？

哟唏，日本人扔给他一支烟。

董九闭着眼，鼻子一耸，说：好烟，真是好烟呀。

董九说：你们日本人也真是的，跑到咱中国来，烟，都没人敢卖了。

八格！

花姑娘，在哪里？

在神龛里呀。

一下子，就抓到了。

要走。

董九说：等一下——烟，你们还有没有？

翻译说：你小子，胆子也真够大的了——没想起来杀你，你倒给提个醒。

董九就笑，说：你的意思我懂了——这烟，我是别想再讨到了。

三个日本人，每人，都带着枪。

枪栓，哗啦哗啦地响。

董九笑笑，说：我给你们表演一个高难度动作吧——我也是刚学的，演砸了，你们可别笑话我呀。

三口，吐出三个烟圈。

烟雾氤氲，像三条转眼动鳞的蛟龙。

一转眼，竟箍向那三个日本兵的脖子。

烟圈越箍越紧，三个日本兵拼命地扯那团烟圈，哪里扯得动哟。

竟给箍死了。

翻译想跑，董九笑笑说：也好，记住了，不只是八路新四军才打鬼子哟。中国人，谁怕他们呀！

只要惹恼了咱。

古　玩

　　古玩鉴赏家雪涛先生近日以三百两银子购得一枚桃核，消息不胫而走，一时间闹得淮安城沸沸扬扬。雪涛解释说那其实是桃核做的微雕，叫东坡游舫。有人登门造访，要看看那枚价值三百两银子的东坡游舫，雪涛就从紫檀木盒子里取出那枚桃核。桃核长仅半寸，上穹下坦前舒后蹙，舟首为一童子执扇烧茶，舟尾横吊一楫，迎风而动，呀然有声。其中部为一方舱，两侧各有窗，启而视之，东坡、佛印二人对几而坐，东坡抚髯微笑，手握一牌；佛印蚕眉微蹙，俯伏作摸牌状。几上三十二张牌每张不足芝麻大小，而牌面字迹细若蚊足，可以一一辨认。有人就说这三百两银子花得值。看看船底，上镌"布衣王松林制"。达富贵人们便趋之若鹜地到簪花巷寻访王松林，孰知这老头儿却早已锁门而出，不知去向。从此王松林声名远播，远近皆知。

　　扬州有一盲者，在五亭桥专售松林微雕，而且索价奇高，常人不敢问津。一日忽有一老者飘然而至，以三百两银子购得杏核微雕一枚。

　　次日清晨，有二解差前来，不由分说用铁链拘了盲者径往县衙而去。到得大堂，盲者才明白是昨天买他微雕的老者告他所购微雕并非松林所制。

　　知县李从善细看那枚杏核，见杏核被雕作连锁格状，每格密不容蠓，成一方笼，笼外有童子伏而窥视，笼内一猿仰面悲啼。李从善拊掌称妙，老者从容不迫，朗声说道：松林微雕，世面仅见一枚，在雪涛先生府上，余曾亲见，舱内东坡佛印二人眼珠皆可活动，此为松林先生点睛之笔。而大人手中之物，小人以发丝探入笼内拨那老猿双目，却是死的，由此断定为赝品无疑。

盲者笑道：此亦易事耳。

遂取杏核纳入袖中，探刀入笼左斫右切，俄顷捧出，老猿双目皆动。

李从善惊叹不已。

醉月楼内，松林给盲者斟上一杯酒，拱手道：松林购得先生珍玩，一直想使笼中老猿双目活动，绞尽脑汁，不敢轻易下刀。先生于谈笑间完成，技艺实在松林之上，然松林不明白先生为何要冒署松林之名呢？

盲者淡然笑道：先生仅一东坡游舫面世，即不能过安生日子。我出此下策，其实也是贪图一点清静而已。

松林顿首而去，未一月，复归淮安市中，在簪花巷口设一门面，额曰聚珍斋，专售自制微雕，每件标价千金，一时达官贵人竞相购买。

一月后松林将其微雕价降至三十两银子。

复一月，又降至三两。

奇怪的是，自此聚珍斋门庭冷落，偶尔登门的，是真正喜爱松林微雕的文人雅士。

心　疼

盖房起屋，主家最怕的，就是工匠们做隐药。

隐药，其实就是一些污秽的物件儿。工匠们只要是不高兴了，就偷偷地把这些东西砌进砖墙里，苫进瓦底下。

主家，可就倒霉了。

家里一有不顺心的事，请来精通巫术的瞎子们一问，肯定，是得罪了工匠，被下了隐药，亵渎了屋神。

再小的屋，都有个屋神，亵渎了它，那还不吃苦头？

哪家不得小心哟。

程家那年修祠堂，程禹山，就急得团团转。

想来想去，就想起了自家的山芋干。

那可是连他自己都舍不得吃的呀，切得齐齐整整，晒得干干净净，摸摸，就觉得有股子香味儿一下一下地扎人的鼻孔。

程禹山就这样捧了一把在手里，最后，一下子全扔在地上，还用脚踩了踩。

吃吧，吃吧，吃死你们个龟儿子。

一天三顿，给工匠们吃玉米粥，里头掺了稠稠的山芋干。

程禹山吩咐卞二粥煮好后再搁山芋干进去，山芋干耐火，煮不烂，就不容易消化，吃多了，还有些嘈人。

卞二，那也是个人精，下山芋干时，火候瞧得准准的。

往往是在锅里的粥要冷未冷时投下去，这时，再去招呼工匠们吃饭，工匠们洗洗弄弄，山芋干也吸足了水分，外面是软软的一层，里面，却硬得像个石疙瘩。

又招呼人吃饭了。

这时，程家散放的鸡跑了来。

跳上了锅沿。

程禹山正袖着手在那里瞎转悠呢。

就扬起了手，作势要拿东西砸鸡。

鸡们就呼啦一下飞走了。

可巧，就撒下一脖稀屎。

程禹山没在意。

吃饭时，工匠们看见了——那时，粥锅里还冒着一点热气。

工匠们嚷嚷开了。

这，哪能吃呢？

程禹山踮着个脚跑来了。

一把，捞起了沾着鸡屎的山芋干。

眉头也没皱一下，搁进了嘴里。

咀嚼了一会儿，说：有点硬——是我年岁大了，牙口不好。

平平静静地咽了下去。

然后说：这哪是鸡屎呀——是一根霉了的山芋干。

我吃得，你们吃不得？

工匠们默默地吃了那锅粥。

干活儿更精心了——是呀，人家那么大的一个东家都能吃，你不能吃？

就凭这种精神，程禹山挣起了偌大一个家业。

买了钵池山周围几十顷的好地，还做起了生意。

贩私盐。

这是个很赚钱的行当，买买卖卖，银子就哐啷哐啷地来了。

但也有风险，官府，查得很严哩。

有一回，真的被查到了。

私盐，都被囤进了河下的盐场。

白花花的一坨盐山呀。

也是有办法弄出来的，这不，程禹山开始疏通关节了。

那银子，开始哗哗地往外流了。

程禹山不心疼——做大事，哪能心疼这点银子？

程禹山的盐，开始被他一点一点地运出来了。

最后一批盐运完的时候，盐官们暗示他再请一回饭——大家私下里交个朋友，以后，能照顾到的地方就不必这样麻烦了。

程禹山，哪能不乐意呢？

就请吧。在河下镇的"都一乐"酒楼——那里，是盐官和河督们常去的地方。

程禹山看了一眼菜单，就牙疼似的说你们点吧，我，不知道各位的喜好。

一桌子菜，吃得程禹山心惊肉跳。

好歹吃得差不多了，程禹山的胆气才上来，他小小心心地问：要不要，再上点什么？

那就再来一盘里脊吧——猪里脊。

程禹山松了一口气，吩咐卞二：去，再叫一盘猪里脊。

那盘猪里脊，程禹山吃得很开心。

送走了客人，卞二去结账了，程禹山，就来到庖间转悠。

看见了一地的死猪。

就问：这些猪，都准备今天用？

已经用过了。

用过了？

您刚才点的那盘里脊，就是从这些猪身上取的——这些猪在圈里被不停地驱赶，全身的精华都萃于里脊，割下里脊后，身上的其他部分就酸臭不堪，不可食用了。

一桌子饭菜，花费的银子当然不菲。

程禹山倒不心疼。

那时，程禹山的儿子刚五岁，程禹山赶紧就给他找了一位老师。

——长大了，好做个官。

后来，又把老师给辞了。

只有卞二知道程禹山的心思：就是做了官，就是这样吃别人的，那也能把程禹山心疼死。

天　水

程禹山喜欢喝茶。

茶叶倒不讲究，钵池山的野茶叶肥味涩，程禹山照样喝得津津有味——程禹山看重的是泡茶的水。程禹山喝天水，就是天上落下的雨水。茶馆里也有天水，是屋檐下的毛竹管或铁皮水漏接的，程禹山不喝，嫌脏。

程禹山积水的方法很特别，每到下雨时便叫程门在屋外挂一块白布，铭旌似的。雨水便沿着白布滴滴答答地落进一只景泰蓝的瓷瓮里。春雨嫩，虽然清甜，但不宜久贮；夏天的雨常常被热气焐熟，久了，就会变质；秋雨太老，口感不好；冬雨阴气过重，伤脾胃。程禹山喝的是莳雨，就是出梅之后刚进入暑天的雨，据说那时的雨云中雷电不断，不仅能杀死雨水中的病毒，口感也好，又有保健作用。妙歌刚来时对程家接雨的场面非常着迷，往往撇下屋里的二太太看景儿。二太太那时正生着病呢，端茶递水的少不了喊她。一喊，妙歌就意识到二太太是不高兴了，嘴里先脆脆地应一声，这才惶惶急急地往回跑，就常撞了人。有一回，竟撞翻了干干瘦瘦的一个人，管家程门就在身后喊：奔丧啊？妙歌最怕程门，心里便愈发慌了，倒是那人挺和蔼，他不看弯腰给他掸衣襟的程门，细细的眼睛却打量着妙歌手腕上套着的一只手镯。

手镯是刚来时二太太送的见面礼，这个人肯定认出来了，便说：是二太太屋里的吧?

妙歌的脸就红了红,低了头往屋里走。

别慌,那人说。

后来妙歌知道了那人就是程禹山,妙歌知道他是程禹山的时候已经伺候过程禹山好几回了。虽然是下人,妙歌还是觉得自己有些委屈,就把气全撒到二太太身上,怎么喊,也不睬。二太太没有大太太脾气大,只会嘤嘤地哭,妙歌的心就有些软了。虽然二太太是老爷从妓院带回来的,可毕竟是主子呀!

老爷也很为难,说:过些天吧,等来了合适的丫头,就把你换下来。

于是,妙歌就一心一意地伺候二太太,二太太明白了是这么回事,也不把妙歌当下人看了,没事常和她唠唠嗑,二太太说:咱的命都攥在男人手里呢,何况他又是老爷。

二太太又说:忍一忍吧,忍到咱有了孩子。

老爷虽然喜欢女人,但老爷在这方面不是很行,老爷在去女人房里前都要喝一杯茶。妙歌猜想那茶里肯定有名堂,说不定老爷苦心弄来的天水就是一味药引子呢。妙歌是个很有心计的丫头,就思谋着该为老爷找些对策,让老爷高兴。但妙歌的肚子总是大不起来。

二太太总是喜欢叫拈花庵的尼姑来做佛事,尼姑叫了音,了音一来二太太就关了门。妙歌很奇怪,后来听了几回壁脚,就明白了,送了音出门的时候就悄悄塞了一个红包。

了音就说:善哉善哉。

了音又说:改天吧,去小庵里叙叙。

就去了拈花庵。

了音说:你们老爷的病我也没有好法子,下点隐药吧。

隐药很隐晦,但融在茶水里根本看不出。老爷喝了几个月,妙歌的肚子就大了。老爷很高兴,老爷抚摸着妙歌的肚子时,妙歌就大着胆子说了给他下隐药的事,老爷也没有不高兴,老爷只是说:这事可千万别传出去啊。

妙歌说：是呐，跟二太太也不说，替您遮着面子哩。

老爷那时还没有一儿半女，老爷就笑，老爷说：也不全是为了我。

但还是说了，是跟二太太说的，妙歌觉得二太太人善，不拿自己当下人看。

但二太太似乎没听见，二太太听这话的时候嘴里不住地念着佛。

妙歌心里说：没听见就没听见吧，等咱生了孩子，等咱有了房子再说不更好？

妙歌就很自豪地腆着肚子出去了。

妙歌想吃酸。

她知道大太太的屋前有一棵苹果树，正结着青青的果子。妙歌就踮起脚摘了一个，老爷在屋里，妙歌觉得有必要咳嗽一声，妙歌就咳一声，苹果咬得脆响。

但老爷并没有出来，屋里倒是响了一下，好像是碎了一件瓷器。

妙歌很奇怪。

孩子生下后程门就端来一碗药，说是大太太煎的生化汤，补血的。妙歌就觉得很幸福。

孩子被抱进大太太屋里时，二太太正在去拈花庵的路上，二太太莫名其妙地觉得嘴里有一种很苦很苦的药味，二太太就趴在路边呕了半天，胆都快呕出来了。

后来二太太就看见了程门，程门扛了一个软软的包袱，费了很大的劲儿才扔进挖好的坑中。

像是一个女人的尸首。

下意识地，二太太竟听见妙歌的孩子哑着嗓子在大太太屋里哭。

二太太的牙齿就咯咯咯咯地响，二太太摸了摸自己的肚子。

天忽然下起了雨，是苦雨……

望月鳝

程家圩的沟沟坎坎，栖息着一种鳝，叫望月鳝。

这种鳝，外形上和普通鳝一般无二，却有剧毒，如果不小心被咬着了，鲜有能治愈的。

为什么叫望月鳝呢？据说这种鳝有个特点：月亮很好的时候，喜欢把头从水中探出来喘气，那模样，有点像在望月。

程禹山却不信有这样的鳝，说：卞二你别瞎吵吵，你亲眼见过？

卞二说：没。又说，没见过也不表示就没有呀。

程禹山就不好说什么了——跟卞二这样的人，你还能说什么呢？

月亮很好的时候，程禹山想到水边走走。

一个人。

就有大片大片的蛙声渐渐走进程禹山的耳鼓。

程禹山站在水湄子边，看水汽在月光下一点一点地冒出河面，一点一点地氤氲成袅袅的薄纱。

除了青蛙在聒噪，没有一点声响。

忽然，河心就冒出一个女人的身体，光溜溜的，没有手，就那么静静地望着眼前的月亮。

程禹山就呆住了，腿，怎么也迈不动。

眼前，有大团大团的水汽在涌动。

回去后，程禹山就病了，半睡半醒地，口中说着胡话。

程门伺候着他。

程门这个人，是个人精，什么事情，都知道个一二。这样的人在程禹山身边料理，太太们是放心的。

果然，程门在程禹山房里待了三天，程禹山的病就有了起色，能坐起来说会儿话了。

大太太问起程禹山的病，程门就支支吾吾，欲言又止的样子。

大太太叹口气：你不说，也就算了。

程门在大太太禅房里站了会儿，临走时说：老爷的病，您还不清楚？

大太太就念起了佛。

过一会儿，大太太说，你去把水仙娘儿俩找回来吧。

哎。

就去了。

其实很好找，水仙，还不就在清江浦的毗卢庵么？

那孩子，叫敏慧，没有姓，一直被人寄养着，每年，程门都是给了钱的。

就找到了，程门说：老爷要接你们回去呢。

水仙只是念佛。

程门又说：这回，可是大太太发话的。

水仙又念了会儿佛。

水仙说：你把敏慧带回去吧，他那么大个人，常往这里跑，不方便。

叹了半天气，把敏慧领回来了。

老爷和太太们都出来了。

老爷摸着敏慧的头，眼泪都出来了。

大太太说：记住，你姓程。

大太太就走了。

敏慧却不是读书的料，小小年纪，居然把吃喝玩耍全学会了。

临了，还搞大了一个女佣的肚子。

老爷一声一声地叹着气。

程门就说：也好，让他到清江浦照顾一下生意上的事。

——程家在清江浦有着许多生意，已经好多年了，也没出过差错。现在叫敏慧去，也没什么大用意，无非是让他熟悉一下罢了。

敏慧就去了。

半个月，程门就听到了风声，说敏慧在秦月楼有了相好的，银子，大把大把地花呀。

告诉老爷，老爷就笑，说：咱家的银子，还不都是为他预备的么？

程门想去看看。老爷想了一会儿，说：也好，那你就去看看吧。

正巧，敏慧在秦月楼呢。

程门就说：你怎能来这里呢？

咋，我不能来？

这是老爷常来的地儿——我带你去别的地方吧。

就去了另一家。

程门在门口付足了钱，就走了。

临走，还抹了一把眼泪。

出来，敏慧就惨了，浑身，长满了杨梅疮。

敏慧就哭了，说：爹，你咋害我呢？

程门说：你不是我儿子呀。

程门又说：我咋养出你这么个儿子了呢——你妈当年，就是秦月楼的姐儿呀，这窑子，你能逛得么？

还有一句话，这个敏慧，嘴极不稳——老爷要是知道他敏慧其实是程门的种，那还了得？

上了船，背着雨伞的程门忽然朝毗卢庵的方向看了看。

144

夜　匪

程禹山这人，怕吵。每天，早早就睡下了。

睡了，门也不闩，像是敞着的怀。守夜的家丁怂恿卞二去带门，卞二不肯。卞二说：老爷讨厌人腥味，你们都离远点，惹恼了他，没人敢给你们求情。风大的时候，便听见那门呀的一声，又呀的一声。

那一年，钵池山来了一伙土匪。钵池山是一座小山，树不高大，草不茂盛。白天，官府派了兵丁剿山，火捻子一点，那炮弹便轰的一声飞上山顶，把王子乔炼丹台炸塌了半边，却见不到一个土匪。将整个山头篦一遍，也没有。到了下半夜，王子乔炼丹台前一声狼嗥，山下人就看见了星星点点的火光。

土匪！

真的是土匪。一会儿，便传来踢踢踏踏的脚步声。从门缝里望出去，便有一队黑黢黢的人影，径向程禹山的府上扑来。

一会儿，又看见那伙人踢踢踏踏地回转来，怀里，揣满了东西。

程府只有几条老式的汉阳造，吓吓佃户可以，土匪，是不怕的。

第二天，卞二才去推程禹山的门。没事儿人似的，程禹山净了脸，漱了口，问卞二：早饭，准备好了么？

卞二正站在老爷身后，想替老爷抻抻衣角，见这么问，就站直了身子，说：昨晚……

程禹山就知道又遭土匪了，问：丢了多少东西？

也没多少：一只玉如意，两件翡翠玳瑁……

书房没人进？

没。

吃饭去吧。

卞二就知道老爷没当回事，不追究了。

老爷照样早早睡下。风一吹，门便呀地一响，又呀地一响。

却添了几十杆汉阳造。晚上，看见了钵池山顶的火把，便放枪，咚的一声，震得满山的树叶瑟瑟地抖。

还来。

双方交了火，火舌头舔红了大半个夜。一会儿，院子里这边没了动静，仍然没人去喊老爷。

钵池山的几个财主，都被抢惨了。

一合计，联名告到省里。

省里派了一名大员督查此事，白白净净的，一副书生模样。来了，先在县城住了几天，好玩的地方玩遍了，这才来到钵池山。听故事似的让程禹山等人汇报了案情，打着呵欠说：我都知道了。

又对程禹山说：我先在你府上住几天吧。

知道什么呀，背后，程禹山嘟哝一句。

那一夜，程禹山耐着性子陪大员说话，呵欠连天的，一会儿，竟伏在桌子上睡着了，很长的口水流了出来，在灯光下，像一条透明的曲蟮。

大员就笑，让卞二扶他回房去了。

半夜，土匪又下山了，而且，径奔程府扑来。

大员还没睡呢，推开窗，就看见满院子人影在一棵老桂花树下晃动。

一会儿，竟闯进大员的房间。

大员笑笑说：这是程府的书房。床下，有个木箱，里面肯定是金银细软，你们尽管拿吧。

土匪们都戴着面具，有一个便弯下腰，摸了半天，也没摸到箱子。

另一个不说话，只把手一伸，就摸到了箱子的把手。

太重，拖不出来。

大员说：这是双把手的，两个人拖，准能拖出来。

大员拿了蜡烛往床下照，果然发现了另一个把手。两个土匪一用劲儿，终于拖了出来。

趔趔趄趄地抬着箱子走了。

顺便，又洗劫了另外几家。

第二天，大员要走。程禹山赶来送行，大员笑：昨晚，可睡得好？

程禹山一愣，说：土匪这回进了我的书房，我的损失可大了。

大员就笑，说：你有办法补回来的嘛，别家的损失可就不好说了。

临走，还拍了拍他的后背。

中午，程禹山嫌热，脱下外衣纳凉。

衣服刚挂到架子上，他脸上的汗水就涔涔地下来了。

对卞二说：赶紧，给大员送点东西。

过了一个月，土匪再没有动静，省里县里也没有消息，程禹山吁了口气，吩咐下人把那件衣服洗了。

那衣服的后背处在那晚被大员浇上很大一块蜡烛的油渍，下人们用沸水烫了几次，也褪不去。

赛 会

每年端午节，清江浦的人都要在大闸口举行赛会。清江浦的人这天有吃鸭蛋的习俗，大户人家的小姐，总爱将煮熟的鸭蛋凿一个黄豆大小的洞，然后，再用小银勺子一点一点地将蛋白蛋黄掏出来，拌上葱丝，淋上麻油，一只鸭蛋，能细细致致地吃一上午。剩下的蛋壳，也舍不得扔，留待下午赛会时抛进大闸口的闸塘里，由参加赛会的选手抢夺——不能用手，得用嘴，咬住了，就能得一笔赏钱。有时，也会被哪家思春的小姐看中，那样，他就算平步青云了。

是个很热闹的活动。

钵池山和清江浦隔不了多远，平时坐轿子也就小半天工夫，更何况这么热闹的场面，轿夫们都想瞧上一眼呢。程门的心里，早就憋足了劲儿，怂恿下二说：老爷若是想去，顶多一炷香的工夫。

老爷坐在书房里看闲书，催急了，才对下二说：今年，不去了。

又说：年年看，没意思。

钵池山下也有一个大湖，叫仙子湖。是古黄河决堤时冲刷而成的，四周的浅水区长满了密密匝匝的莲蓬。倘若把船划到深水区，就开阔了，满眼，都是白茫茫的水。

老爷说：今年，咱也办个赛会。下二，你去账房封几个红包，每个红包，装五十块大洋。待会儿，我出个题目，谁赢了，就赏给谁。

啧啧，五十块大洋啊！

老爷兴致很高。

老爷的乌篷船擦着荷叶，哗啦哗啦地划到河心，早有大大小小几十条条子船候在那儿了。

老爷没说什么，老爷知道卞二这人办事很有能力，手段也了得，这不，一会儿，就把人召来了。

老爷吸了一袋子烟，想走。

可把卞二急坏了，卞二在舱外站了一会儿，壮着胆子撩起舱帘，对程禹山说：赛会的事……

老爷像是想起了什么，问：那几十条船，都等着抢红包？

卞二说：是。

薛家的念持也来了？

卞二说：来了，瞧，远处那个光着膀子的就是。

他可是好水性。

卞二撕开一个红包，手里就抓了一把白亮亮的洋钱。卞二说：这些洋钱，是老爷赏给你们的彩头，谁摸到，就是谁的了。

一扬手，五十块洋钱哗哗地落入水中。

老爷说：这样不好吧？像念持这样的人，也算是有血性的汉子，他们会觉得这是在侮辱他们呢。

果然，条子船上的人，都缩着脖子没动。

老爷从舱里抓过一只鸭，让卞二灌进去一杯雄黄酒。然后，剔开那鸭的头皮，在头骨上涂了水银，缝好，对着那几十条船说：给大家助个兴，谁逮着这只鸭子，卞二那里备着谢钱哩。

一伸手，扔了那鸭。

那鸭一下水，酒就醒了。头痛得刀割一样，便扑腾着翅膀拼了命往水底钻，伤口浸了水，越发不得了，又呼啦啦贴着水面狂奔。条子船上的汉子们便扑通扑通往下跳，去撵那鸭。

老爷看了一会儿，仍提不起兴致。挥挥手，让卞二把船摇回去。

一路上，卞二的脖子伸得老长。

到了傍晚，老爷才推开书房的木格窗，问卞二：那鸭，没人送来？莫不是出了什么事吧？

那时，卞二的头上正顶着一枚扁圆的太阳。卞二挠挠头，说：不会吧？

你去看看。

就去了。

没出什么事，那鸭子被念持捉住了。念持正准备到程府来讨赏，半道上，忽然发觉那鸭子的头已被水银蚀光了。

就没来，而且，当晚便吓得逃走了。

程府的大小姐，呜呜咽咽地哭了一夜。第二天，竟上吊死了。

白白的肚皮露在衣衫外，鼓凸凸的。

背地里，卞二叹一口气，说：两条人命啦。

大小姐叫紫痕，去景慧寺进香时，程门看见念持和她说过话。

今年，念持还在程家做过三个月长工。

唾 盂

程府上下没人拿正眼瞧水香一下，却都怕她。

水香是个小婢，起先伺候程禹山的母亲。水香年岁小，贪睡，老太太起夜，喊水香，水香不应，老太太为此常常动怒，让程禹山换人，程禹山也没怎么想，就说，先请刘婶照应着吧。

刘婶的活儿多，厨房里一摊子事都是她的，自然巴不得过去。但刘婶的事水香也干不了，水香瘦得像一把荠菜似的，哪能干得了那些？

好在刘婶是念佛的人，心善，没事时常过来帮帮水香，程禹山看见几次，也没说什么。

程禹山不说话，水香的心就开始慌慌地跳。下人们不怕程禹山打骂，就怕程禹山不说话，一不说话，肯定是在琢磨事儿。水香就对程禹山说：我伺候您吧。

程禹山正在剔牙，可能一下子没听清。水香又大着胆子说了一遍，程禹山还是没吱声。剔罢了牙，程禹山回头看见水香还站在那里，便说：先去干活儿吧。

程禹山身边不缺人，程禹山只是一时找不到合适的买主，水香是他出去要钱时在一个柴火垛子边捡的。那时水香已经被冻得快不行了，是程禹山用姜汤灌醒的。程禹山觉得既然救了她，就不能亏待她，至少，得给她找一个不遭罪的主儿。溽夏，程禹山病了，一口一口地咳痰。程禹山的床头放着一只细瓷的唾盂，咳一声，就吐出一口痰，虽然下人们倒得勤，屋子里还是弥漫着腥甜的味儿。几个太太嗓子浅，憋了两天，脸皮都吐绿了。房里的丫鬟借口厨房里缺人手，也溜了。

就剩下水香一个人。

其实程禹山也怕见着秽物，水香起先在唾盂里盛了水，后来，又改衬了草木灰，程禹山还是不满意，程禹山咳了半天，嗓子里有痰涌动，一仄身，见了唾盂里的秽物，那痰就吐不出来了。

水香起先不明白，后来明白了，就把细瓷唾盂放到外面的一个背静处，程禹山一咳，水香就俯下身去，将那痰吸入口中，再吐到外面去。

程禹山看不过意，有一点精神的时候就对水香说：去吧，去把唾盂拿回来吧。

水香不肯。

痰积多了，就拿到外面的桃林里去倒，然后，在林边的胭脂河里洗濯干净。

有一回，就从胭脂河边领回一个癞头游僧，说是看见了痰迹，有把握治好老爷的病。

癞头游僧用的是野方子，居然很有效，才半年，程禹山就能下床走动了。

程禹山很感激水香，把她当闺女一样养着。养大了，又将她嫁给一户好人家，彩礼，装了八辆骡车。

转眼，水香也病了，痰一口一口地咳，眼看快不行了。

那时候程禹山正在四川谈一笔药材生意，水香说：我等等吧，我要等老爷回来。

一个月后，程禹山才回来，自然是很感动，有空儿，就陪水香聊聊天。

程禹山不怎么爱聊天，想了半天，就想到自己生病的事，就说：那些日子，没少累了你。

水香笑笑说：要不是你那场病，你能收留我，我能活到现在？

程禹山叹了口气，说：菩萨造了人，给每个人都配了不同的命，活得都不容易。

水香家的仆人给程禹山端茶的时候，程禹山正俯着身子跟水香说话，出其不意地，水香攒足了劲儿将一口痰吐进他的口中。

程禹山一愣，半晌，才发觉嘴里有一团温温软软的东西，当场就吐了。

水香笑了笑，水香说：现在，我没什么遗憾了。

就死了。

程禹山没参加她的葬礼，那时他正生着病呢，但是，却叫程门送来一样东西，埋在墓前。

——就是那只细瓷唾盂。

悄然无声的手帕

我的爷爷说郁美其实就是个硪头儿。

钵池山人起房盖屋,害怕地基不牢,首先,要请硪工将地基一遍遍夯实。

夯地基用的硪,是石头做的,像一块饼。四周,请石匠掏出四个或八个孔,绳子,就穿在这些孔里。

硪头儿,一般是不拿这些绳子的。主家,得恭恭敬敬地给硪头儿献上一壶好茶。硪头儿捧壶在手,以茶当酒,先祭了四方天地,剩下的,就是给自己喝的了。第一口喝进嘴里,那是不能咽下去的,得扬着头噗地一口吐出来。

那个时候,早晨第一缕阳光打在吐出的水雾上,立即,头顶上就有了赤橙黄绿蓝靛紫的虹影。

然后,硪头儿唱一句"小硪上场没得四两重,落下地来却有千钧力",硪工们在这声吆喝中发一声喊,四根或八根绳子一齐绷紧,那百十斤重的石硪就呼啦一声跃过头顶,又呼啦一声砸下来,暄软的地基就息下去一截。

打硪,就算开始了。

我的爷爷说郁美是个美男子,号子也唱得响。领硪的时候,常常引得附近的大姑娘小媳妇围观,这样的场合,主家便觉得很有面子。

打硪，在钵池山是一种特殊的工序，也不仅仅为了夯实地基，还有一层辟邪的意思。硪头儿只在开头正儿八经地领几声硪，接下来，就唱起了荤段子，《小二姐思春》呀、《十二月调情》呀什么的，越荤，主家越高兴，以邪治邪嘛。

郁美，就穿那样的一袭白竹布长衫，手里捧一个描金的景德镇茶壶，正经得像个书生，而嘴里的唱词，却臊得人睁不开眼。

程家要盖一个仓房，就请来了郁美一干人。

郁美唱了三天，第四天，不来了。

拐了程家的一个小婢，跑了。

程门跑来把这个事告诉程禹山的时候，程禹山正在二太太的屋里睡回笼觉呢。

程禹山听了就笑，说：这个郁美，我还真没看出来。

给足了其他硪工的钱，又换了一班硪工。

其实也没什么的，不就是一个小婢嘛，程禹山，能在乎这？

程家的这个仓房，其实是用来贮藏私盐的。程门带着老爷的帖子在海州盐场来来回回地跑了几趟，白花花的海盐，就运回来了。

再拿着老爷的帖子在河南安徽几个省来来回回地跑几趟，海盐，就被拖走了。

要赚多少银子呀。

也是活该有事。

有一回，盐场那头有了一宗大买卖，程门一个人不敢定夺，就把程禹山喊去了。

事情，一下子就摆平了。

程禹山却不急着走。

要看看这盐场的景儿。

就在煮盐的灶丁中发现了一个熟悉的身影。

程禹山说：那不是郁美吗？

哪能，老爷您都把生意做到盐场来了，那郁美，敢来？

程禹山就有些不高兴了，白花花的盐，晃得他有些睁不开眼。

程禹山坐进了两抬的小轿，要走。

程门看出了程禹山是不高兴了，就讪讪地说：老爷您等一会儿。

程门踮着个脚，像一只轻快的猫。

一会儿，果真领来了郁美。

郁美和程门跪在老爷的轿前，连个头也不敢抬。

程禹山连轿帘儿也不曾掀一下，程禹山说：那事，我没搁在心里呀。

郁美住在一间石头房子里，那个小婢，过去是极得老爷宠爱的，私奔时，正怀着老爷的种。

程禹山看见了小婢，叹口气对郁美说：我把盐场的生意交给你，如何？

郁美哪能不愿意呢，当场，又给老爷跪下来了。

程禹山摆摆手说：算了算了，其实，你是在帮我呢，你想，这边有了你，我不就省下半个程门了么？

领着程门走了。

那郁美是什么样的头脑呀，如今有了老爷的帮衬，没几年，就成了盐场的一个爷，不仅卖盐给程禹山，还囤起来卖给别人。

没事时，也会到钵池山来看一看。

坐着四抬的大轿。

程禹山那个两抬的小轿仍然停在轿厅里，郁美横竖看了看，要换。

程禹山不肯，程禹山说：我坐惯了呀。

我就想听听你领硪的号子，这些年，我一躺下来，耳边，就响起你领硪的号子。

多美气呀。

哦？

哪天，老爷您盖房起屋了，我来。

真的？

真的。

第二天，郁美刚起来，就发现程禹山把好端端的一个盐仓拆了个精光，而且，按照原来的样子开了个地槽。

郁美在程家领了七天硪，最后，吐出一口鲜艳的血。

程禹山过来看他了，程禹山拉了拉他的手，说：你也是个不小的爷了，累成这样，我过意不去呀。

程门走过来，给他端一盆清水。

程禹山很客气地让郁美安心静养几天，然后，就仔仔细细地洗那双刚握过郁美的手。

然后，从怀里拽出一个绿水绸的手帕儿。

没有风，刚擦过手的手帕儿还是掉到了地上。

程禹山的脚步像猫一样悄然无声地踩过他的手帕，轻轻松松地走远了。

回去时，郁美悄悄地雇了一辆两抬的小轿，那个小婢一路嘀嘀咕咕嫌丢身价儿。

郁美说，你懂个屁。

这辈子，就算你能把财发到天上去，你能走出他程禹山的阴影？

捧　角

现在的子纾是三庆班的花旦。

戏园子不大，地点却不错，在秦月楼隔壁，来来往往的，都是些闲人。

虽然是花旦，却不是三庆班的台柱子。戏园子的生意一直不景气，老板没有办法，后来，就从别的地方挖来一个名角，是唱青衣的。

因为是名角，就摆谱，要改唱花旦。

子纾便唱起了青衣，一口咿咿呀呀的调子，难听死了。子纾嫌烦，一烦，得了空子便往戏园子外跑。子纾趿着一双枣木木屐嘚嘚嘚嘚地沿着石板路来到秦月楼门口，在红红绿绿的妓女中间穿梭，后来子纾站住了，子纾对郭驼子说：瓜子，给我来一把瓜子。

就遇着了程禹山。

子纾并不美，程禹山也不经常看戏，但程禹山还是认出了她，程禹山说：你不是那个花旦吗？

现在改唱青衣啦，子纾不咸不淡地应着，子纾的手里正抓着一把瓜子，噗，吐出一个瓜子壳，噗，又吐出一个瓜子壳。

程禹山看她粉红的指甲在早晨的阳光下熠熠生辉，程禹山就笑了笑说：有机会，我捧捧你。

子纾就低了头挑了一枚瓜子，噗，那枚瓜子壳被吐到程禹山的脚前，然后子纾拍拍手心，头也不回地走了——这样的土财主，子纾见得多了，嘁！

杏花雨红湿阑干，梨花雨玉容寂寞，荷花雨翠盖翩翩，豆花雨绿叶萧条。都不似你惊魂破梦，助恨添愁，彻夜连宵。

是白朴的《梧桐雨》，子纾唱得心不在焉。炽亮的汽油马灯悬在子纾的头顶，子纾看见自己矮矮的影子像一只甲虫懒懒地趴在柏木拼的戏台子上，子纾甚至连朝台下瞟一眼的心思也没有。

好！有人鼓掌。

屁！有人讥讽。

就有人站起来：爷走遍大江南北，看的戏比你吃的盐多，连个好坏也分不清？

又有人站起来：爷睡的戏子比你看的戏还多，连个美丑也拧勿清？

最后，就动起了手，都伤得不轻，被送进清江浦的基督教医院。

第二天，小报上就有了花边新闻，说子纾被人包过一年，是跑出来的。后来，竟真有个山西商人拿了绳子要捆子纾回去。子纾气得不行，拿起戏台上的丈八长矛撵得那个山西商人抱头鼠窜。

戏演不下去了，老板辞了子纾，子纾无所谓，子纾行李也没拿，嘚嘚嘚嘚地走了。

刚出戏园子，就上了一辆汽车。

全城又是一片哗然：乖乖，上的竟是督军的车！

督军是个五十多岁的山东人，性格极其古板。督军看了报纸，气得一拍桌子：妈妈的，这个戏子坏俺的名声，找！

全城的道口都设了哨兵。

找了一个多月，才在秦月楼找到：正陪着程禹山喝酒呢！

毕竟是唱戏的，见了督军有点怕，眉眼儿低低的。

程禹山不怕，程禹山心里有底——其实不是督军的车，是他按着那车的模样从上海买回来的新车，督军的权力再大，总不至于不让别人坐车吧？

督军很生气，却又没有法子，就让子纾登台演戏，以澄清真相。

督军有意刁难子纾，让她演《御果园》里的尉迟恭。

全城又一片哗然：尉迟恭是赤着上身的呀。

子纾不肯演，程禹山笑笑说：演吧，不演，你想干什么呢？

戏园子被围得水泄不通，等到快晌午时，戏帘儿一掀，子纾出来了。

子纾果然赤着上身，子纾演尉迟恭，密密匝匝的长须一直垂到胸前，替她遮了羞。

子纾唱一句，台下就一片雷鸣：好！

演出结束后，老板又来找子纾了。

老板说：你现在的名头可是搞得很大了，回来吧，还唱花旦，我给你涨一倍的薪水。

子纾瞅了半天戏台子，泪眼就婆娑了，子纾对程禹山说：我还唱戏干什么呢？我跟你走吧。

就走了，子纾的步子迈得很滑稽，四平八稳的，像在戏台上踱方步儿。

狼　女

钵池山不大，是座土山。山中多灌木，鸟兽也很多，都是些小鸟小兽。山下青年常常进山捕猎。也不用枪，一路上捡些石子，到了偏静处，一声吆喝，便扑棱棱地飞起一群山雉，飞得不是很高，都贴着那些灌木，便有人将手中的石子扔出去，居然常常击中一只两只。

至于野兔等小兽，逮法也极简单，无非是下点夹子——钵池山附近土地肥沃，居民多种田，鲜有以打猎为生的。小兽们没有躲避猎人的经验，你想想，能不好打吗？

程禹山的女儿小莲却喜欢进山打猎，雄山雉尾翎异常美丽，小莲的屋子里几乎插满了，都是卞玉帮她打的。

卞玉在省城上学，回来时免不了见见老爷，卞二就怂恿他进山打猎。卞玉一去，小莲就跟着去了。

卞二就对程禹山说：老爷，小姐也去了。

程禹山笑笑，也不说什么。

但小莲却有心思，先是脸儿红红地远远跟着，要进山了，卞玉就伸手来拉她，小莲急忙挣脱了，卞玉说：你怕啥，你爹又没骂你。

小莲说：你想干什么呀，人家在帮你捡石子儿呢。

果然，小莲的手里紧紧地攥着一枚小小的石子儿。

卞玉的手指细长而白皙，软软的，让小莲的脸常常莫名其妙地红。

到了偏静处，两个人就走得近了，不时地，肩膀还撞一下，小莲就朝旁边退退。

可巧儿，竟遇到了狼！

一只山雉被击中了，身上都流了血，张着翅膀往低凹处飞。卞玉很兴奋，对小莲说：你在这里等我。

三跳两跳地，就不见了。

小莲就坐在一棵皂荚树下等，想了一会儿心思，竟睡着了。梦见卞玉把凉津津的嘴往她脸上靠，小莲的脸就红了，小莲说：别。

小莲就觉得脸上木木地疼。

睁开眼，竟是一只狼。

小莲的脸颊上已经被舔去一块皮。小莲很有心计，顺势搂住狼的脖颈，额头死死地抵着它的咽喉。

卞玉赶来时，那狼已经死了。

去程家圩喊人。找了半天，才发现两只小狼崽，狗似的，卞二抡起棍子要打，程禹山说：算了吧，先把小姐驮回去。

一个月，小莲脸上的伤才好。

程府上下的镜子全被收起来了。

卞二见了小莲，只是呵呵地笑。问起卞玉，卞二说：回省城读书去了呀，还是老爷给的学费呢。

没几天，卞玉来了一封信。

小莲收到信，竟疯了。

卞二跪在老爷面前，卞二说：老爷，我对不起你呀，我养的，是一只白眼狼呀。

程禹山说：你起来吧，这事，也怨不得他。

——卞玉的信中，夹了一枚小小的洋镜。

疯了的小莲总是往钵池山上跑，起先是卞二照看着，后来，卞二进城替老爷到米铺盘点了半个月的货，回来时，就听说小莲跑没了。卞二带人进山找了三天，也没发现小莲，只捡回一双绣花鞋。

老爷摸着绣花鞋流了会儿眼泪说：不找了吧，三天了，还能找到个什么？卞二就叹口气——小莲，是老爷早年捡回来的孤儿。

卞玉回来时已经做了督军的参谋，卞二悄悄地把他拉到一边问：你回来干啥哟，老爷那人，你不晓得？

卞玉笑笑说：我怕他？现在我还怕他？喊！

卞玉是回来把卞二带走的，毕竟是自己的爹，丢在这里，卞玉怕人笑话。

同来的还有督军的女儿小凤，卞玉要带小凤进山打猎。山上有狼哩，卞玉不怕，卞玉说：我有枪，还怕个狼？

老爷和卞二都说：好，你们去吧。

就带着小凤去了。

刚进山，就听见嗷的一声号叫，瞬间钻出一群狼来，数数，有十多条吧。

卞玉笑笑，掏出枪啪啪一阵扫射，那些狼全吓跑了。

卞玉拍拍手对小凤说：没事儿，这里面的山雉翎很漂亮，待会儿，我给你弄一些。

说着话，头顶上的树叶忽然刷刷地抖动起来，卞玉一惊，才发觉身边又涌过来一群狼，啮着雪白的牙向他们步步紧逼。

卞玉一吓，手中的枪掉到地上。

正在此时，远处啪地飞来一枚石子，正打在领头那只狼的脖颈上，那只狼温顺地回过头望望，然后，低吠一声。

一群狼，竟全都走了。

小凤看见一个长发的女子骑着一头纯白的公狼，迅捷地从她的眼前消失。

——狼女！

这地方哪有什么狼女呀，卞玉不信，卞玉就壮着胆子往前走了走——

什么也没有。

你看,什么也没有呀,卞玉说。卞玉一回头,发现小凤的头上不知什么时候插了几支好看的山雉翎。

小莲?

卞玉的头皮一阵一阵发紧。

罗汉狗

罗汉狗，是一种极小的鱼。

仙子湖的浅水区里，你手里面即使没有鱼饵，也不要紧，你可以抓一把湖边的红沙，往湖里一扔，湖面上，准有一种寸把长的条子鱼跑来抢食。这种鱼很活跃，有太阳的时候，你可以看见浅浅的水皮下银光闪闪，显然，是这些鱼游动的身影。

这种鱼，却长不大，直到老死，永远这么寸把长的模样。

程家圩的人，把它叫做土条子，这种鱼，当然不是罗汉狗。

罗汉狗比土条子还小，而且，也不浮在水面上，永远沉在水底，怕羞似的。身上，也不是银光闪闪，黑不黑白不白的，似乎是穿着一件旧夹袄。食口很宽，腐烂的草根啦什么的，都吃，所以，永远是中间大两头小的模样。

程家圩人就喜欢吃这种鱼，常常在河边摆下一种小罾，这种罾，做法也极简单：一块四四方方的布，四角，用细竹竿扣了，露出水面的杆梢用绳子扎拢，布上，再抛一点动物内脏。过一会儿，你用另一根竹竿去挑露出水面的杆梢，开始要慢，不能让进去吃食的罗汉狗发觉，要出水面时，速度就快了，可以说是迅雷不及掩耳。捞上来的竹罾，里面就有很多罗汉狗，可以做"猫狗白等"了。"猫狗白等"是一种贱菜，原料贱，做法也贱，烧红了铁锅，放足浦楼香醋，待满屋都是醋味时，放荤油。罗汉狗，也不需要过分打理。太小的，放到竹篮里颠一颠，也不管鳞是否真的脱去。大一点的，用手一挤，叭，内脏就都出来了。倒进锅，用极小的火慢熬，去了水分，剩下的罗汉狗，就松脆酥软，入口即化。

吃的人，连鱼刺也不肯吐，岂不是让猫狗白等？

老爷程禹山，就喜欢吃这个。常常，有佃户送了这样的罗汉狗来，程禹山就说：快，让程门收拾。

程门就撇下手中的活计，一拐一拐地去了。

程门，弄这个，在行。

那时，程门和老爷出了一趟远门，把个腿伤了。

干不了多少事，又憋不住，总想找个人唠嗑。

到厨房，和厨娘唠嗑。

厨娘三十出头，模样也一般，收拾得却很干净，一笑，两排白亮亮的米牙便晃程门的眼。

程门就问：你男人，真的死了？

厨娘的眼圈开始发红。

程门就慌了，说：我只是说说而已，唠个嗑。

厨娘说：我哪能怪你呢。我男人是死了，还留下个苦命的儿，唉，要不是遇见老爷，我都有死的心了。

就是不知道老爷能留我多久。

程门说：你想待下来就待下来吧。老爷这人，其实是菩萨心肠呢。

厨娘的儿子刚满月，忙的时候，就让程门抱着。有时，还尿湿了程门的青布棉衫，老爷就笑，老爷说：程门呀，抱个孩子就弄成个这样，我还敢把这个家交给你打理吗？

厨娘就撇下手里的活儿过来照顾孩子，嘴里一迭声地赔罪。

老爷说这话并没有当真的意思，这一点，程门也听得出来，可厨娘却当了真，老爷就没了说话的兴致，一转身，走了。

程门说：你看你看，老爷难得说会子话，你一搅和，他又不说了。

这时，"猫狗白等"也做好了，端到老爷房里，香味儿，就扑了老爷一鼻子。

老爷就把什么都忘了，搓搓手说：不错不错，你的手艺？

哪里呀，是我教那个厨娘做的，不知对不对老爷的口味。

老爷就不说话了，用筷子拣了一会儿，挑了一条放进嘴里细嚼慢咽。

程门见老爷不说话，头上都冒冷汗了。

吃完了，老爷也没撂下一句话。

程门就知道老爷是觉得还可以，老爷的嘴金贵，不满意时哼一声，满意了，就什么也不说。

程门就对厨娘说：你看，老爷留下你了，老爷喜欢你做的"猫狗白等"呢。

厨娘的眼里就吧嗒吧嗒地掉泪。

厨娘说：多亏了你呀。

此后，但凡有人送来罗汉狗，程门就让厨娘去做。程门说：你别看她是从外地来的，要做这"猫狗白等"，可是比我还地道呢。

老爷听了，仍然不说话。

有时，也就笑笑。

厨娘的脸上也就活泛了，偶尔，还能开几句不荤不素的玩笑。

心里，挺感激程门的。

厨娘是在七年后才生了一场大病死的，她的儿子，叫老爷收下了，做义子。

厨娘该是没什么遗憾了吧？

老爷问厨娘，厨娘竟落了泪。

厨娘说：我为您做了七年"猫狗白等"，可是，我竟没有尝过呢！

老爷就叫程门赶紧去做。

做好了，扶起厨娘，让她尝尝。

入口，就化了。

厨娘说：怎么是咸的呢？

程门一愣，问：怎么就不是咸的呢？

· 167 ·

厨娘说：我是从不放盐的呀。

厨娘又说：我只放碱。

程家平时用的，都是细盐，乍一看，和碱没什么两样。

敢情，这些年，老爷吃的都是碱做的"猫狗白等"！

厨娘就笑，对老爷说：对不住您了呀。

老爷说：没什么的，这些年我不说破，是怕你心里不安生呀。

老爷又回过头，好像很无意地望了程门一眼。

程门的心"咚咚"地跳。

送葬了厨娘，老爷在书房里待了三天。

程门做了三次"猫狗白等"，老爷都没动一筷子。

三天后，老爷想到清江浦转转，在屋里吩咐程门备好骡车。

卞二就说：程门，已经疯了呀。

疯了？老爷不信。

老爷问：怎么好好的就疯了呢？

卞二回答不出个上下来。

老爷走了很久，卞二才说：怎么疯的，是呀，怎么疯的呢？

·168·

李大麻子

　　老爷和钵池山的土匪李大麻子打了十几年交道，也没怎么吃过亏。

　　这回，要去山西进点药材。

　　程门就吩咐卞二检查枪支，顺便，又添了几个护丁。这些护丁，都是程门平时看好的，身手，自然了得。

　　可能，这些护丁里边也有几个是程门的一点私人交情。

　　老爷看见了，就笑，也不说什么。

　　李大麻子这人，老爷是太熟悉了。这是个很有意思的匪，只要老爷不在家，一般不会打程家圩的主意。

　　这样的人，虽然为匪，但私下里，老爷是很愿意和他结交的。

　　老爷就对程门说：我不在家，你该干啥干啥——田地里的事，你交给卞二好了，他种了一辈子地，懂。

　　程门说：我知道，您放心吧。

　　老爷看了看天说，那我走了呀。

　　就走了。

　　坐着一辆骡车，车后，只有简单的几件行李。

　　老爷走南闯北，出远门，能不带的，尽量不带。

　　半个月吧，老爷才托人带话回来，说药材采购停当了，让程门带点钱去。程门就将足够的银子兑换成黄金，然后，裹进一床破被胎里，带了两个护丁，半夜里，悄悄地走了。

两天，就出了江苏地界。

好像风平浪静。

但是程门觉得总有什么地方不对劲儿。

在客栈待了一天，程门对两个护丁说：你们在这里再待一天，后天，就回去吧。

又说：出了江苏地界，你们跟着，反而不好。

自己，装扮成一个乞丐，半夜里，走了。

你还别说，程门装得挺像，瘦瘦的身杆儿，风一吹，似乎就倒了。

口音，竟也成了地道的山西老西。

就那么有一步没一步地向着老爷的方向去了。

这一天，程门进入一家酒店行乞。

店里，只有四五个壮汉在喝酒，听口音，竟很耳熟。

程门心里一惊。

就想走。

刚挪了身子，就听身后一个人说：你身上带着五十两黄金，难道还不满足？偏偏做出这副乞丐模样。

程门大吃一惊，转身扑通就跪下来了。

那个人哈哈大笑，说：你认识我吗？

程门说：不认识，小的眼拙。

那说话的人又笑，说：回去告诉你家老爷，让他改天请我的客呀。

说话的人说着抢过程门的破被胎，一把撕开，里面，就现出五十两黄灿灿的金子。

那几个人吃罢饭，看见程门还像虾子一样躬着腰站在门口。

说话的人就问：咋，还不走？

程门就说：那是我家老爷进药材的钱，现在，老爷正等着我呢。

若是没了这些金子，老爷还不要了我的命？

说话人又笑，说：我几时想要你的金子了？我如果想要，我自会找你家老爷，你这样的人，也值得我理会？

程门擦擦汗，知道这几个人没打他的主意，心里才安生了。

取了破被胎，就要走。

却被喊住了。

那个人说：我帮你扎一下吧。

就把那个破被胎重扎了一下。

结了账，都走了。

见了老爷，老爷问：一路上没出什么事吧？

能出什么事呀？

程门答。

老爷很满意，就拍拍程门的肩膀，准备把他带到饭馆先吃了饭。

正走着，迎面走来两个人，一句话不说，夺了被胎就跑。

转眼，就不见了。

老爷长吁短叹，怨自己一时大意——要是先到客栈就好了。

第二天，老爷正在闷头睡觉，那两个人竟又闯了进来，指着程门的鼻子破口大骂：你这人好没道理，既然李大麻子在这被胎上打了死结，难道，你还怕有人抢——你不该藏在腋下，让我们白忙活一回。

老爷从床上一骨碌坐起来，说：是我们坏了规矩，我们请客。

两个人哪肯呀，说：李大麻子是你们的朋友，我们哪敢呀。

就走了。

剪开那些死结，金子一点也不少。

老爷叹了口气，说：我和李大麻子斗了半辈子，看来是不会斗过他的哟。

冤 毒

程家的粮行在清江浦最大，六间门脸，后面，还有一个很大的仓房。每年稻麦两季，来粜粮的骡车一直停到运河边的御码头。粮行的伙计不急，粜粮的也不急，最多到子时，这些粮食肯定能进廒间，钱，也肯定兑得清。

这么大的生意，程禹山也不插手，一摊子事，全交给闫大。后来，只要程禹山不在，伙计们就喊闫大叫掌柜，什么事也不让他做。闫大得了空闲，整天捧着个茶壶优哉游哉。卞二看不惯，程禹山笑笑说：你懂什么，人家这叫能耐。

嘴上这么说，心里也有点放不下，逢到粜粮籴粮的时候，便过去看看，看看，却不说什么。

有一回，看见门口蹲着一个人，衣衫褴褛，面容枯槁，眼睛却很有神，死死地盯着程家粮行的红木招牌。

程禹山一惊，问闫大：那个人，你认识？

闫大头也没抬，说：叫吴金贵，过去，也是开粮行的。

程禹山哦了一声。

后来，又看见一回。

程禹山有些奇怪，回去问卞二：吴金贵，你听说过吗？

卞二挠挠头说：吴金贵呀，是不是清江浦吴记粮行的少爷？

程禹山想起来了，吴记粮行在清江浦西街，经营了几辈子，一直本小利薄。后来，吴家的少爷念完书回来，一下子就把生意做大了。还把分店开到东街，和程家粮行门脸挨门脸。

也不知道闫大使了什么招儿，吴记粮行很快便不行了。那一年，闫大跟程禹山商量，想在城西也开个分店，程禹山没答应——吴记粮行毕竟是老字号，得给人家留着面子。

分店没开，程家粮行的生意照样做得很大，城西的住户情愿多跑个腿，也要到程家买粮。

程禹山没吱声，年底，给了闫大很大一笔酬金。

再来，程禹山就不进粮行了，而是悄悄拐进城西的吴家。吴家的粮行上着铺板，但大门洞开着，程禹山下了轿，低着头对卞二说：哪天我要是想在城里长住了，也得买这样的房子。

说着话，就进了吴家的门厅。

吴金贵的娘正在院子里晒一箩筐玉米，黄灿灿的，晃一主一仆的眼。

程禹山说：好玉米啊，金贵呢？

吴金贵的娘说：病了，在小叶先生的诊所里呢。

正说着话，吴家的一只芦花鸡闯进来，趁人不备，大口地啄食着箩筐里的玉米。吴金贵的娘大惊，骂道：业障，你在吃金贵的命哩。

程禹山没动，笑笑说：一个鸡，能吃多少？

吴金贵的娘叹息说：先生你是不知道哇，生意没法做，金贵就天天看着这些玉米流泪。这孩子脾气倔，说是程家抢了咱的生意，心里冤着呢。

程禹山就笑，说：你们吴家，不也把分店开到城东去了嘛，明明是你们不对，怎么怪起程家来了？

回去时，程禹山叹了口气，从轿子里探出头来，说：卞二啊，你去小叶先生的诊所看看吧。

很快，卞二就回来了。问起吴金贵的病，卞二说：那病，小叶先生也医不了。小叶先生说他肚里有个血块，可用什么药也打不下来。吴金贵也知道自己寿限到了，说就是死了，也不放过咱，要化作长虫，游到咱程家来呢。

程禹山听了，也没说什么。

过些日子，又籴粮了，程禹山的轿子停在了粮行门口，拦住卖粮的骡车。

闫大一愣，闫大知道，老爷肯定要发话了。

果然，程禹山说：新粮上市的前几天，咱先不收。

闫大以为程禹山是想把价钱往下压压，就说：中。

程禹山又说：咱让吴家先收。

闫大说：中。说过了愣了一下，又笑笑说：吴家？老爷是说吴家吗？吴家还能拿得出钱来收粮？

程禹山不高兴了，没钱，咱可以借点嘛，吴家还有那么多房子，咱还怕他还不起？

又说：你跟我去吴家一趟，教教吴金贵怎么做生意。

一行人，去了城西。

刚和吴金贵说了几句话，吴金贵就哇地吐出一口血来，里面，有一个白色的茧。

卞二捡起来，剖开，里面竟蜷着一条蛇，头、身子都有，只是眼还闭着。直到把吴金贵的粮行操持得差不多了，程禹山才回去，临走，关照闫大：能让就让一点，别和吴金贵争了。程家那么大的家业，难道还在乎这点？

没人的时候，才对卞二说：人的冤气在心头盘桓久了，就成了毒。吴金贵肚子里的那条蛇，就是冤毒幻化的。像这种人，千万别逼急了他。

那时候天已经黑了，走在蜿蜒的山道上，卞二的心里怕得要死。

黑　丑

见到黑丑时，程禹山才知道他是钵池山的一个小匪。

钵池山上的土匪，再大，不也是个匪吗？

再小，不也是个匪吗？

程禹山就对撅着腚燎药的黑丑说：是你呀。

是你呀，黑丑扭过头也看见了程禹山。黑丑就放下手中的蒲葵扇，一只黑黢黢的手在脸上胡乱地抹一下，然后，就露出一口细碎的米牙。

黑丑搬过一块石头，示意程禹山去坐。

程禹山四下里看看，一撩长袍，坐了。

黑丑又说：真的是你呀？

程禹山就笑：不是我，还能是谁呢？

黑丑也就十三四岁吧，去年程家修祠堂，需要几个雕花砖的工匠，程门就到清江浦请来几个，其中，就有黑丑。人小，手艺却不赖。祠堂门楣上的花砖，雕的不是小花小草，而是一出出的戏目。黑丑，居然就雕了一出《满床笏》，郭子仪七子八婿，二三十个人物呀，居然全在一块砖头上表现出来了。不仅会雕，还会唱：

　　忠武英声振德威，
　　恩光荡荡古今稀。

八男授爵黄金印，
七婿封官碧紫薇。
半壁宫花欢宴罢，
满床牙笏肃朝归。
应知积庆源流远，
自有云祁拜锁闱。

把个程禹山乐得，当时，就让程门给他封了一个很大的红包。

没想到，居然是李大麻子手下的一个小匪。

难怪程家圩这么快就被打下来呢，这黑丑，可是在程家圩待足了半年呀，程家圩的旮旮旯旯每一个关节，他能不熟？

爷你可不能怪我呀，要怪，就怪咱俩没缘分，黑丑说。

不怪。

黑丑是李大麻子的儿子，又不是他程禹山的儿，怎么好怪他呢？

程禹山是在半道上被李大麻子劫来的，那时，程禹山正坐在轿子里打瞌睡，醒来，就发现被抬到了王子乔的炼丹台，两个轿夫也早已换成了山匪。

程禹山就笑：敢情，是李大麻子要请我的客哩。

李大麻子也笑：是啊是啊，这么些年，一直想到府上叨扰，这回，竟去成了，你说，能不请你来坐坐？

又说：知道你是个讲究人，这不，把你的美人肩紫砂壶也带来了。

程禹山说：这壶你可给我拿稳了——是时大彬制的哩。

程禹山就知道，程家圩，肯定是遭劫了。

程山被关进了一个山洞里。

半夜里，黑丑来了。

黑丑打开门说：爷，您走吧。

程禹山一愣，说：黑丑，你撵我走呀，这山里，我还没待够呢。

黑丑说：爷，您还是走吧，不走，我可要遭罪了呀——把门的两个小匪，已经被我杀了呀。

程禹山还是不走。

一直到第二天，程门带着家人和官府的兵丁剿了钵池山，程禹山还躺在那里睡觉呢。

程门喊了几遍，程禹山才惊醒，问：我的紫砂壶呢？我想喝口茶。

程门就小心翼翼地捧了美人肩紫砂壶来。

李大麻子呢？我想和他再唠会儿——今后，怕是见不到他了呀。

那李大麻子您还想见？

——已被官爷带走啦。

哦，那黑丑呢，在吧？

不认识。

哦。

程禹山上轿时，程门才记起好像听小匪说过李大麻子昨夜刚杀了个人，好像，就叫黑丑——那可是他亲生的儿呀！

张　刀

张刀是个砍柴的樵夫。

刀也不是好刀，在钵池山下蒯记铁匠铺打的，很笨，刀口开得极钝。铁倒是好铁，黝黑黝黑的，用久了，就生生的白。

这样的刀很合张刀的脾气，张刀砍的柴尽是碗口粗的荆棘，木质很紧，耐烧，挑到集市上自然容易脱手。

山下的武馆要柴。

武馆是张刀的老主顾，这回又预付了订金，张刀掂着手里的碎银子，愣了半晌说：要这么多？

给钱的伙计就说：武馆要在三月初七这天接待几位江湖上的朋友。又说：张刀你可卖点力，凑不足数惹恼了馆主没你的好果子吃。

张刀说：哪能，也就是一晌的工夫。

果真一晌的工夫，武馆的三间柴房就被张刀填满了，给钱的伙计很高兴，拍拍张刀的肩膀说：好好洗洗吧，换了别人三天也砍不了这么多哩。

就到井边洗了洗。

叫馆主看见了。

馆主先看见了满满一柴房的柴，然后，馆主看见了在井边洗冷水澡的张刀，馆主又看了看张刀放在一块太湖石上的刀，问：那些柴真是你一个人砍的?

张刀说：嗯。

馆主说：就用这刀?

张刀说：嗯。

馆主说：你砍的柴其实叫石枸杞，一般的刀是伤不了它的。我刚才看过了，那些石枸杞上留下的刀痕平整光滑，没有绝世武学，根本不可能办到。

张刀笑了，有点无可奈何，叹了口气，说：莫非先生也善使刀?

馆主就说声惭愧，取了自己的双刀捧给张刀看。张刀用手轻轻弹了下那刀，听见"铮"的一声响。

张刀说：好刀啊，吹毫断发，是菊花钢做的吧?

伙计们便怂恿张刀和馆主比试一下，张刀推托不过，才三五个回合，便败下阵来。

馆主很失望，说：先生是不屑与我过招吧?

张刀仍然笑，张刀掖起自己的柴刀说：惭愧。

是夜，张刀正在院内饮酒，忽然就跳进来几个蒙面人，将张刀团团围住。

张刀叹了口气，将碗中的酒一饮而尽，说：你们可是武馆的人?

说时迟，那时快，张刀的那把钝刀在头顶划了一道亮亮的弧光，接着"嚓"的一声，被削掉的头发竟扑簌簌针一样四下飞散开去。蒙面人"啊"地惊叫一声，倏地全没了踪影。

馆主来给张刀赔罪，说：那几个人是来敝馆做客的江湖朋友，他们都想以打败先生为荣，先生的断发已深入他们的经脉，稍有不济，恐怕就会断送他们的性命了——不知先生肯否赏我一点薄面饶过他们?

张刀又叹一口气，说：坐下来喝酒吧。

自然喝得没滋没味。

张刀说：不要紧的，忍一个月的痛，那些头发就自动散出来了。

张刀又说：馆主那把刀，不知能不能送我?

馆主一惊，说：先生也要涉足江湖?

张刀说：起先不想，但此后恐怕难有安宁日子过了。

章铁拳

一

章铁拳小时候瘦得像一把荠菜，他父亲是钵池山下薛员外家的一个佃户，叫章农，年年欠租，无力偿还，薛家有心收回他的地。管家薛涛就劝，说：偌大一个薛府，也不缺他一点半点，不如算个人情由他种去吧，他的那点租不交也罢，就当是叫麻雀吃了。

薛员外就叹口气，章农是个无赖，若是真的把他惹急了，可真保不准会发生什么样的事。

临死，薛员外竟来看望他了，章农在病榻上含了泪，说：我欠您的太多了，这样吧，让我的儿子跟了您吧，这孩子，伶俐着呢。

薛员外说：你那点心事我还不知道，你是怕这孩子往后没了饭吃吧？

章农听了这话一下子从床上坐起来，两只眼睛死死地瞪着薛员外。

薛涛说：唉，总不能看着他饿死了吧。

让他给员外做个奴吧。

好吧好吧，你安心地去死吧，养这样的一个孩子，对薛家，也就算养一只麻雀吧。

你同意了呀，你可是站着撒尿的一个爷，要是反悔，我在阴间可不答应。

章农就死了。

章铁拳就做了奴。

薛员外说：你能做什么呢，舂米吧。

不用杵，用手。

薛员外让他每天舂一斗，舂不干净，就要受鞭笞。

渐渐地，那双手被磨得又瘦又小，肌肉尽削。

十根手指头早没了，伸过来，就像两把铁锤子。

二

钵池山上的土匪下来抢东西，将薛府团团围住。

章铁拳的一双手，竟在刀光剑影中左冲右突，碰着那些铁家伙，叮叮当当地响。

土匪们不敢打下去了，放出话来：只要能送上章铁拳的那双铁拳，他们以后就不到薛府来了。

对薛员外这样的人，章铁拳可是没有一点信心，害怕哪天他真的要砍下自己的一双手送过去。干脆，一走了之。

东游西荡。

后来，竟跟了一个拳师。

拳师的拳法十分了得，一趟拳打下来，章铁拳也就能学个三招两式，再多，他就记不住了。

拳师就笑，说：用心学呀。

还是学个皮毛。

拳师叹口气，知道他可能不是这块料。

三

拳师有一本《拳经》，一开始，还背着他练，后来，也就不避讳了。

他连个字都不认识，背着他，有什么意思呢？

有时，还把《拳经》给章铁拳看。

章铁拳也只是喜欢盯着那些个图谱瞧热闹。

拳师不以为意，笑笑说：我悟了半辈子还没悟透呢，等我悟透了，好好地教教你。

后来，章铁拳竟打出了一套有模有样的路数来。

莫非，他章铁拳参透了拳谱？

拳师很惊讶，试着和他对了几招，竟不是他的对手。

拳师很高兴，买了酒，要和章铁拳一醉方休。

都喝醉了。

拳师说：我钻研了半辈子《拳经》，没想到竟被你占了先，我不甘心呀。

咔嚓。

章铁拳的胳膊很细，一下子被拳师折断了。

拳师烧了《拳经》，从此不再练拳。

可是拳师的眼前总是晃动着章铁拳的那双铁拳。

拳师决定去薛家庄看看，也许，能找到点章铁拳生前的遗物。

就看见了那个石臼。

章铁拳舂米的那个石臼。

里面的棱角都被磨光了。

拳师伸出手摩挲着石臼的内壁，他看见石臼里晃动着章铁拳的影子。

拳师呀地惊叫一声。

拳师觉得胸口被狠狠地一击。

拳师口吐鲜血。

拳师就死了。

死时，胸口有两块很深的淤痕。

四

薛员外对薛涛说：赶紧把章铁拳的尸首找回来好好地安葬了吧。

这小子和他爹一个德行：邪性。

魏 马

魏马是个马贼。

起初，魏马只是个马医，也不是什么世家，跟一个江湖郎中学的手艺，勉强混一口饭吃。

有一回，钵池山下的财主程禹山请他医马。马是好马，是程禹山从西域弄来的。那马其实也没什么大病，只是难产，小马驹儿已经探出半个头来，软耷耷的。魏马的手细若无骨，魏马拍拍母马的头说：我顾不得你了呀。

魏马就把手探进去，足足忙了半晌，小马驹才被掏出来。

魏马把马驹儿放到母马嘴边，母马舔去胎衣，就死了。

程禹山叹了口气。

魏马要走，程禹山说：你把马驹儿也带走吧，留在我这里，也是个死。

就捧着马驹儿回去了。

竟然养活了，成了一匹壮马。

程禹山有些不甘心，找了个借口把魏马揍了一顿，将马抢走了。

半夜里，那马竟偷偷跑回来，叼起奄奄一息的魏马进了钵池山，做了马贼。那时，钵池山上住的是一伙女匪。匪首兰嫣很为难，说：你哪是做马贼的料啊，可你既然来了，总得给你口饭吃吧——这样吧，你教山里的小姐妹们识几个字。

就教女匪们识字，赵钱孙李周吴郑王的，女匪们学得挺认真。

女匪们下山去了，魏马就在山上转悠。看见了晾衣绳上红红绿绿的小衣裳，禁不住心旌摇荡。

女匪们一回来，他便悄悄地往山涧边跑，女匪们都在山涧里洗浴呢。太阳暖暖地照着，女匪们很惬意，懒懒地舒展着白皙的胴体。

兰嫣也躺在那里。

兰嫣很警觉，她发现水湄子边的一块石头动了一下，又动了一下。

兰嫣就开始摸枪。

那马就在山寨里长嘶一声，兰嫣愣了愣，说：都回去吧，魏马可能把饭煮好了。

回来时，饭果然煮好了。

兰嫣很满意，再下山时，就顺手掳来程禹山的三姨太。

兰嫣说：一个大老爷们儿，待在山里没个女人滋润不行。

三姨太这个人，娇气得很，魏马沾着碰着，就咿咿呀呀地叫。

也许是三姨太和魏马的举动撩拨了女匪们年轻的心，山寨的夜就不怎么宁静了，兰嫣去查房，总发现有女匪空了床铺。

兰嫣就叹口气，对魏马说：你下山吧。

就走了，一步三回头的。

三姨太就笑：不走，等死啊。

到了山下，就被程禹山抓到了，和那匹马，被关在马棚里。

第二天，程禹山进山了。

程禹山朝天放一枪，山寨就炸了营，程禹山的家丁和官兵们蜂拥而上。女匪们的内衣都被三姨太涂了柞树上的洋辣毛子（毛虫身上的毛，极毒），一动，就钻心地痛。

都被捉住了。

兰嫣和魏马关在一起。

深夜，魏马忽然听到轻轻的马蹄声，抬头一看，是马儿咬断了绳索。

马驹儿悄悄地来到里间的门前,使劲儿一咬,吧嗒,锁梃儿断了。

快来救我!魏马很兴奋。

马儿看了他一眼。

只一眼,那马儿便低下头,长长的鬃毛拂在兰嫣的脸上。

马驹儿衔了兰嫣,得得得得地走了。

薛 弓

说的是薛濯。

薛濯是钵池山下薛员外的长子。七岁时，薛员外给他请了个塾师，也不图他将来科举进身，薛员外的意思是让他会点"子曰诗云"，好应付场面上的事情——薛家良田万顷，富甲一方，何曾把科举放在眼里？

塾师是外地人，也不像诗书满腹的样子——薛员外不喜欢诗书满腹的书呆子——塾师一肚子怪才，琴棋书画、饮酒品茶都会一点，薛员外看中的，也正是这个。

塾师是个很奇怪的人，看过薛濯之后叹了口气，说：这孩子骨骼清奇，该是块习武的料。

塾师说：我不教他了，习武的人不需要别人教。

塾师就走了，进了钵池山，栖身于景慧寺。

没人教，薛濯说：我自己练吧，照着拳谱比画，竟学会了太极十八式。

塾师派人捎话，说：拳谱都是唬人的，要练，就搬门前的太湖石吧。

薛府门外有一床太湖石，堆叠成假山模样，薛濯就来来回回地搬。

一直搬到十八岁，竟练就一双铁胳膊。

塾师捎话说：可以了，上山来吧。

上了山，进了寺后的竹林，就看见了塾师。塾师须发皆白，在他的面前倒扣着一只竹笼,竹笼上压着一块块石头,数一数,正好和薛府门前的太湖石一样多。

那么,笼下是什么呢?

一棵竹笋。

薛濯笑笑,薛濯不明白塾师为什么要和一根竹笋较劲。

塾师说:你把这些石头搬开。

搬开,就发现那棵竹笋已经长到四尺,通体橙黄,叩之泠然有声。

把它做成弓吧,塾师说,我已经没有体力了,我教你怎么做。

天覆地栽,叁连为奇。三徽三小,三徽为经,三小为纬,要在机牙。

薛濯不懂。

塾师说:你不必懂,你先把竹子劈开。

一个月,弓制成了。

薛濯想试试,塾师说:来不及了,跟我走吧。

去京城,杀慈禧。

先杀八国联军驻华使节。

万寿山巅,塾师吹了一曲箫,然后箫管一指,说:射吧。

茫茫然一箭射出,竟刺透英国大使亨尔利的心脏。

举国哗然,说是义和团又回来了。

慈禧待在深宫里再不敢出来,命李鸿章去查,一查,竟真查出来了。

旅馆的老板无意中发现了那张弓,就告了密。

德国大使汉森过来看热闹,李鸿章赶紧将弓呈上。汉森对中国功夫很有研究,汉森拉了拉那弓,没拉开,又拉了拉,仍然拉不开。

问薛濯:这弓,你能开?

能!

你拉拉看。

我不拉,没有猎杀对象。

我,汉森翘着大胡子说,你们都恨外国人。

反正没有箭,汉森不怕。

把我当作猎杀目标好了。

薛濯就被松了绑，薛濯一手握住那弓的望山，一手拉弦，咯喳喳，那弓慢慢变成满月。

对准汉森，薛濯拉弦的手松开。

咚的一声，汉森的脑门掠过一丝冷风。

好！汉森拍着手对李鸿章说：你们中国人什么都一塌糊涂，只有这武术，还值得一看。

那是那是，李鸿章谄媚地哈着腰，待抬起头来，忽然发觉汉森的头像花一样绽放开来，红的血，白的脑浆，一下子就涌出来了。

枸杞井

程府的柳衣园是个读书的地方，景致好，藏的书也多，唐宋元明清，各朝的善本书塞满了竹牖楼。

但程禹山不喜欢读书，实在没事的时候，才踱进来翻一翻。

有一回，翻着了一本唐朝的《淮安府志》，读到刘禹锡的一首七律，题目为《楚州开元寺北院，枸杞临井，繁茂可观》。程家的柳衣园过去就是开元寺的北院，那丛枸杞已经有碗口粗了。反正也没事，程禹山就叫卞二找那口井。已经淤塞好多年，但还是找着了。

卞二掏了七八米深，程禹山到井边站了站，问：卞二，井下有什么？

卞二瓮声瓮气地说：都是枸杞根。

程禹山说：你再寻寻。

卞二便没了声音，过一会儿，卞二惊叫道：孩子，井下有个孩子！

程禹山说：别动，上来吧。

千年的枸杞才能长成人形。

枸杞井的水甘甜清冽，据说能治病。

就常常有人托了钵盂来，说：谁谁叫我来讨点水回去熬药。程禹山总是很客气。

有一回督军的太太雪漪也来了。督军的太太雪漪是山西大同人，刚来淮安不久，有点水土不服的样子，在督军府住了几天，全身就起了红疹，一挠就破，流出很臭的脓水。

是名医刘金方抓的草药，要用枸杞井的水熬成汤剂，每天坐在里面沐浴一个时辰。

起先是用木桶拖回去的，拖了几回，督军嫌烦，索性让她住过来。

每回，程禹山都叫卞二担水，卞二将水倒进锅，让妙歌煮沸，然后将刘金方的草药放进去焖，水冷到容得下手指头了，再提到督军的太太房里。

那些天，程禹山去城里盘点当铺，府里的事都交给卞二，卞二忙不过来，便关照儿子卞玉担水。

卞玉十八九岁的样子，虽然是下人，长得却秀气，人也挺机灵。有一回跟妙歌去送水，忽然瞧见了督军的太太雪漪，身子一晃，桶里的水溢出来，叫妙歌一顿臭骂。

雪漪起先闭着眼躺在帐子里，后来，睁开眼看见不知所措的卞玉，心竟"咚咚"地跳。

雪漪的病就怎么也不见好转，一待，竟是一月。

督军抽空就来看雪漪。督军不缺女人，但督军放不下雪漪。

就发现了卞玉。雪漪刚洗罢澡，换下来的内衣搁在桶沿上，卞玉正伏在床边给雪漪掏耳朵，银质的耳勺亮亮的，晃督军的眼。

督军拍拍卞玉的肩问：多大啦？

雪漪说：才十六。

督军哦了一声。督军说：我这么大都打了好几场仗了，跟我走吧！年轻人，该闯一闯。

督军认卞玉做了干儿子。带走了卞玉，却留下了雪漪，让她安心治病。

卞二很高兴，老爷却没吱声。

临走时，卞玉来给程禹山道别。程禹山正在井沿边发呆，程禹山让柜台上的程门封了二十两银子，说：好好干吧，别丢爷的脸。

卞玉笑笑说：哪能？

好好的，督军竟被袁世凯杀了头。据说，督军跟革命党有牵连，是他一个手下告的密。消息是雪漪从报上看到的，程禹山听说后没反应，半晌扭过脸，想对卞二说什么，却只叹了口气。

程禹山不知道卞玉此刻正对着督军府冷笑：玩了你的女人又怎么啦，想杀我，还不是自己先送了命？

卞玉在城里做了团副。

新督军的女儿得过天花，脸上密密匝匝的坑，刘金方有法治，却还要用枸杞井的水。

是卞玉骑了马来讨的，那时，卞二已经进了城。

程禹山立了半晌。程禹山说：那井已经封了呀，雪漪的尸首在井里沤了三天，能不封吗？